폴리네시아, 나의 푸른 영혼

폴리네시아, 나의 푸른 영혼

초판 1쇄 인쇄 2021년 7월 19일
초판 1쇄 발행 2021년 7월 26일

지 은 이 알랭 제르보
옮 긴 이 정진국
펴 낸 이 정해종
편   집 현종희
디 자 인 유혜현

펴낸곳 ㈜파람북
출판등록 2018년 4월 30일 제2018 – 000126호
주소 서울특별시 마포구 토정로 222 한국출판콘텐츠센터 303호
전자우편 info@parambook.co.kr **인스타그램** @param.book
페이스북 www.facebook.com/parambook
네이버 포스트 m.post.naver.com/parambook
대표전화 (편집) 02 – 2038 – 2633 (마케팅) 070 – 4353 – 0561

ISBN 979-11-90052-75-7 03860
책값은 뒤표지에 있습니다.

세계일주 단독 항해기

폴리네시아, 나의 푸른 영혼

알랭 제르보 지음 / 정진국 옮김

Alain Gerbault / Sur la route du retour

파람북

르아브르 항에 도착하는 알랭 제르보

책머리에

알랭 제르보(Alain Gerbault)는 1893년 프랑스 라발에서 태어나 1941년 동티모르에서 사망한 프랑스의 국민 영웅이다. 그는 "20세기의 오디세우스"라는 별명으로 통했다. 알랭은 테니스 선수로 젊은 시절 테니스 대회에서 우승했고, 1차 대전 때는 전투기 조종사로 독일 전투기를 격추시킨 에이스로서 뛰어난 무공을 세웠다.

알랭은 만능 스포츠맨이다. 특히 그는 1892년에 건조한 초소형 요트로 세계일주 단독 항해를 해낸 인물이다. 1923년에 칸 항구를 출발해, 작은 돛배로 대서양을 홀로 건너는 최초의 대기록을 남겼다. 이후 1929년 르아브르 항구로 돌아올 때까지 지구의 바다를 한 바퀴 일주하는 단독 항해를 유럽인 가운데 처음으로 해냈다.

첫 번째 기록은 1898년 미국인 조슈아 슬로컴이 세웠다.

이 책은 알랭 제르보의 외로운 항해에 관한 일기이자, 그가 사랑한 남태평양의 섬과 인간과 그 삶에 대한 관찰기다. 간결한 문체로 쓴 해양 다큐멘터리 문학의 걸작으로 손꼽힌다. 강인한 체력과 정신력을 보여준 현대의 영웅들은 적지 않다. 그러나 알랭 제르보처럼 진솔한 체험을 글과 사진으로 남긴 사람은 매우 드물다.

알랭은 문명은 발달했지만 인간은 더욱 타락했다고 슬퍼하는 시인의 심성을 지닌 청년이다. 그는 막연한 낭만으로 한가하게 놀러 다니지 않았다. 현대 문명을 앞세워 원주민 종족은 물론이고 자연과 태고의 문명까지 거침없이 파괴하는 현장을, 자기 삶을 고스란히 걸고 똑똑히 목격했다.

영웅의 삶은 비극으로 완성되어야만 하는 법일까? 알랭은 동티모르 해역에서 원인을 알 수 없는 불행하고 비참한 죽음을 맞았다. 그래서 그는 '잃어버린 세대'의 마지막 '댄디'로도 불린다.

알랭 제르보는 남태평양의 사모아, 피지, 타히티 등지를 비롯해, 남태평양과 인도양과 대서양의 수많은 바다와 섬과 그 자연과 인간과 풍속을 묘사했다. 그러나 그의 기록은 단순히 놀라운 항해를 한 사람의 일기 이상으로 흥미롭다. 백인의 식민주의에 대한 신랄한 비판이자, 사라져가는 고대 문명에 대한 깊은 애정으로 넘친다. 모든 지구상의 큰 바다에서 급격하게 사라지던 해양 문화에 대한 눈이 번쩍 뜨이는 체험담이다. 훗날 인류학자들은 그의 기록에서 많은 것을 배웠다.

알랭 제르보는 몇 권의 자전적 기록을 남겼다. 그중에서도 이 책, 『폴리네시아, 나의 푸른 영혼』(원제 『귀로에서(Sur la route du retour)』)가 가장 걸작으로 꼽힌다. 이 책은 그의 시대에 유럽과 미국에서 수백만이 읽었다. 영어, 독일어, 네덜란드어 번역판으로도 출간되었다.

최근 세계적으로 식민지 피지배 지역과 졸지에 사라진 문명에 대한 관심이 고조되면서, 이 책은 새로운 판형과 체제로 속속 복간되고 있다. 그가 직접 지은 주옥같은 글 외에도, 그의 전기와 연구서도 출간되고 있다. 알랭 제르보의 기념관은 고향 라발에 있다.

차례

"끔찍한 폭풍우가 덮쳤습니다. 뱃머리 쪽 돛대가 부러졌지요."
"그럼, 물이 잔잔할 때는 뭘 했습니까?"
"책 읽고, 혼자 체스도 두고, 키플링을 번역했어요…."
—1924년 9월 16일자 뉴욕 타임스 대담 기사 중에서

I

항해자의 열도(列島)

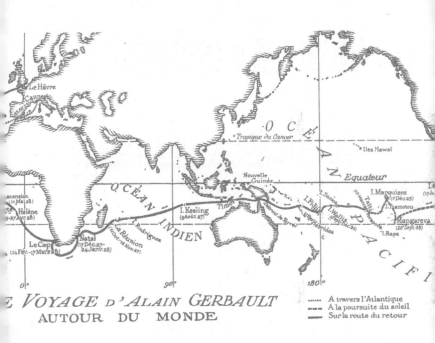

LE VOYAGE D'ALAIN GERBAULT
AUTOUR DU MONDE

...... A travers l'Atlantique
A la poursuite du soleil
Sur la route du retour

나는 산호로 둘러싸인 보라보라 섬을 벗어나 모피티 섬에서 가벼운 남동풍을 타고 오던 작은 외돛배 곁을 스쳐 지났다. 이때 바람에 떠밀려 엄청 빠르게 움직이는 크고 시커먼 구름이 보였다.

　일순간 돌풍에 휩싸였다. 해안에 뜬 '피레크레'[1]는 전속력을 내면서 높은 파도를 타며 나아갔다. 작은 원주민 돛배는 폭풍 속으로 자취를 감추었다. 파도가 거세게 밀려들면서 끊임없이 갑판을 때렸다. 줄인 돛이 너무 팽팽해, 끌어당겨 조금 느슨하게 풀어주었다.

1　Firecrest, 지은이가 요트에 영어로 붙인 이름이다. '파이어크레스트'라고 읽어도 된다. 굴뚝새의 일종으로 유럽에서 가장 작은 새를 가리키는 딱새의 속칭이다. 그런데 새보다 제르보의 작은 배로 더욱 유명해진 이름이기도 하다.

배를 돛에 맡긴 채 키 손잡이를 묶어놓고 선실로 들어갔다. 엉망이었다. 선반 위의 책들은 흩어져 있었다. 움직이는 것은 죄다 뒤죽박죽이었다. 미처 차곡차곡 실을 틈이 없었던 식량과 과일 모두 엉망이었다.

이튿날, 낮고 위험한 '페누아 우라' 환초(環礁) 부근을 지났다. 이곳을 건너는 동안 편서풍이 세차게 불었다. 바다는 거칠고 "양떼처럼 흰 물보라"로 덮여 있었다. 파도가 시퍼런 날을 세우고 줄기차게 갑판으로 밀려들어 창문을 닫아걸었다. 피레크레의 뱃머리에는 돛 세 개가 달려 있다. 이것으로 보통 바다를 하루 24시간 동안 80~100마일 속도로 달린다.

갑판이 항상 물에 젖기 마련이라 나는 선실에 머물렀다. 구름 사이로 잠깐 해가 나면 밖으로 나가 사방을 둘러보거나 항로를 조정했다. 네모반듯한 비좁은 선실에서는 처박혀 앉거나 서거나 할 수 있다. 낮은 소파의 작은 자리 위에 몸을 반쯤 걸치고 누울 수도 있다.

피레크레도 다른 돛배처럼 큰바람을 맞으며 물속에 현장(舷牆, 갑판 윗부분)을 크게 기울여 잠긴 채 항해한다. 그렇게 나는 프랑스와 타히티의 수도 파페티에서 받은 책들을 읽거나, 휴대용 체스판

알랭 제르보가 그린 피레크레의 입면도

1. 나침판	8. 사물함
2. 서가	9. 소파
3. 창문	10. 부엌
4. 침대	11. 접이식 책상
5. 화장실	12. 사물함
6. 사다리	13. 붙박이장
7. 옷장	14. 뱃머리

알랭 제르보가 그린 피레크레의 평면도

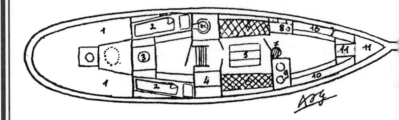

1. 갑판 아래 짐칸	7. 돛대
2. 침대	8. 펌프
3. 화장실	9. 버너
4. 붙박이장	10. 사물함
5. 탁자	11. 붙박이장
6. 소파	

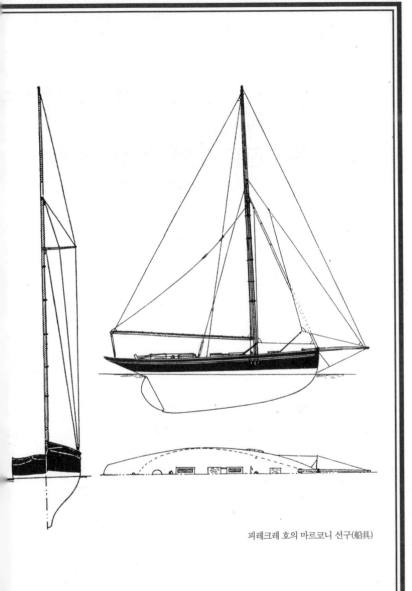

피레크레 호의 마르코니 선구(船具)

으로 뉴욕에서 최근에 열린 게임을 두면서 시간을 보냈다.

시간은 금세 흘렀다. 보름째 되는 날 새벽, 미국령 사모아 제도의 파우 섬과 올레싱가 섬이 보였다. 그렇지만 이 섬들에 마땅한 정박장이 없어 들르지 못했다.

얼마 뒤 투투일라 섬²이 나타났다. 꼬박 아홉 시간 동안 키를 붙잡고 달린 끝에 파고파고항에 들어섰다. 마침 그곳에서 나보다 열흘 먼저 보라보라를 떠났던 영국 통보함 '라보넘호'가 나오고 있었다. 선교에서 장교들이 브레이커 곶과 디스트레스 곶 사이로 빠져 들어가는 내게 인사를 건넸다.

항구는 남북으로 1마일쯤 이어지는 높은 산들에 둘러싸인 움푹한 만이다. 그곳은 봉우리부터 하얗게 산호가 깔린 작은 해변까지 나무와 녹음으로 우거졌다. 해변에 벌거벗은 아이들이 햇살을 즐기며 뛰놀고 있었다. 바닷가 야자수 사이로 사모아풍의 멋들어진 오두막이 보여 반가웠다. 동부 폴리네시아의 볼썽사납게 둥근

---

2 Tutuila, 사모아 제도에서 가장 큰 섬이다. 1787년 12월 11일 프랑스 '라 페루즈호'의 원정대원 12명이 이 섬의 원주민에게 살해당했다. 라 페루즈호는 그 전 5월에 제주도 연안과 동해안을 지나며 우리나라의 자연과 선박을 마주친 기록을 남긴 역사적인 항해를 했던 바로 그 함선이다. 그때 선원들은 주민들과 만나지 못해 몹시 아쉬워했다. 본문에서 원어민 발음에 가깝게 비음이 섞인 '팡고팡고'는 '파고파고(Pago Pago)'라고 표기한다.

잔주름 지붕을 올린 판잣집이 아니었다. 해안을 수놓은 암초들 때문에 방파제를 설치했다지만, 수면에서 위험한 암초의 모습은 전혀 보이지 않았다. 만의 서쪽으로 휘어드는 곳에서 미 해군 기지의 선창과 건물, T. S. F. 통신소 철탑들이 보였다.

선창에 정박한 배는 미군의 돛 달린 포함(砲艦), '온타리오호'였다. 그 곁에 많은 장병들이 내게 다가오라고 손짓했다. 하지만 나는 혼자 조용히 있고 싶어, 늘 하던 대로 더 멀리 빠져나와, 부두의 다른 쪽 끄트머리에 있는 팡가통가 마을 근처로 내뺐다.

금세 '란치'라고 불리는 대형 모터보트가 선창을 떠나 피레크레 옆으로 따라붙었다. 장교와 사병 둘이 갑판으로 올라와 내게 수리가 필요하면 해군 기지로 들어와도 좋다고 제안했다.

해가 지고, 배가 뒤집히지 않도록 동체 좌우로 목재 균형대를 붙인 소형 카누가 해안에서 피레크레로 다가왔다. 원주민 소년이 노를 젓고 소녀 둘이 노래를 불렀다. 소녀들은 머리에 꽃을 꽂았고, 허리에 꽃다발을 엮어 둘렀다. 그 맑고 시원한 목소리가 바다 멀리로 퍼졌다. 나는 도착하자마자 새로운 억양의 사모아 말과, 또 동폴리네시아에서는 듣지 못할 그 S 자와 L 자 발음을 듣는 데 흠뻑 취했다. '응(ng)' 소리가 나는 자음 같은 발음은 망가레바 제도에서 흔히 듣던 것이다. 소녀들이 물었다.

"여기 뭐하러 왔어요?"
"너희들 보고 싶어 왔지!"
"우릴 보러? 아이고! 탈로파 리!"

마르키즈 제도의 인사말, '카오하'는 하와이 제도의 '알로하'나 마찬가지 뜻이다. 폴리네시아에서 빈번한, 자음만 바뀌었다는 점이 재미있다. 나는 이곳에서 지내도 좋겠다고 안심했다. 매일 사랑의 말로 인사를 건네는 주민이라면 친하고 기분 좋게 보낼 수 있기 때문이다.

도착한 다음 날, 나는 뭍으로 올라가 해군 장교들의 환대를 받았다. 라이언 제독이 공관 만찬에 초대했다. 아주 근사한 저녁을 먹었다. 우리는 기지 극장으로 영화를 보러 가 서부활극을 흥겹게 즐겼다.

미군 제독은 '라보님' 장교들이 날씨에 불평이 많다고 했다. 그러면서 험한 항해를 한 뒤라, 대원들이 상륙해 게임과 달리기에 불참했다면서, 선상에 남아 쉬고 눈을 붙이려 했기 때문이라고 했다.

나로서는 대부분의 항로에서 상륙해도 쉴 틈이 거의 없었다. 내가 건너온 항로는 험했다. 실내는 온통 바닷물에 젖어 축축했다. 갑판에서 할 일과 선구(船具) 정돈에 모든 시간을 쏟았다. 피레크레는 해안에서 1마일쯤 떨어진 파고파고 만 깊숙이, 커다란 부표 곁에 정박했다. 사방이 산으로 둘러싸여 있었다. 비를 뿌리게 하는, 정상에 항상 구름이 자욱한 '레인메이커' 산의 동쪽이다.

　나는 파나마를 떠난 뒤 처음으로 테니스를 치거나, 멀리 산책을 하거나, 수영을 하러갈 때에만 배에서 나왔다. 파고파고에는 훌륭한 시멘트 코트와, 야구를 하도록 관리된 굉장히 좋은 잔디밭도 있었다. 그 청결과 질서는 미 해군의 뛰어난 행정력을 보여준다. 해군 기지 안의 주택은 안락하게 지어졌고, 해안도로에는 쓸데없는 잡초나 잡목을 싹 거둬냈다. 백인 주거지와 완전히 뚝 떨어진, 숲속의 그림 같은 원주민촌은 사모아 고유의 흥미롭고 청결하고 예술적인 오두막들이다. 작은 자갈을 깐 둥근 바닥 위에 기둥을 올리고 야자수 잎을 엮은 뿔 같은 지붕을 받친다. 벽은 없다. 그저 야자수 가지로 엮은 발이 비바람을 막아준다. 열대지방 사람들에게 이상적인, 건강하고 쾌적한 주거다.

　투투일라 원주민은 '파뉴' 또는 '라바라바'라고 하는 허리에 두르는 간단한 옷을 걸친다. 건강하고 잘생긴 인종이다. 섬에 인구도 많다. 원주민을 어떻게든 유럽 문화로 흡수하려는 오세아니아의 프랑스 당국과 다르게, 미국인은 백인과 원주민 간에 높은 장애를 치고 있어, 원주민은 오히려 자기네 해묵은 풍습을 많이 보존했다. 그만큼 그들에게 유리한 셈이다.

나는 산책을 하다가 종종 오두막에 들렀다. 집집마다 '카바'를 대접했다. 후추 뿌리를 갈아 물에 타고 발효해 만든 전통음료다.

내가 도착한 지 며칠 만에 7월 4일이 되었다. 이날이 미국 독립기념일이라, 나는 놀이와 춤판에 참석해 즐거웠다. 정박한 단 두 척의 배, 온타리오와 퍼레크레에 큰 깃발들이 걸렸다.

오전에 고래잡이배들의 경조(競漕)로 시작해서, 잔디밭에서 피타피타와 미군 수병 간 몇 차례 경기가 붙었다. 피타피타는 사모아 원주민으로 군이나 경찰이다. 그들은 붉게 수놓은 검정 파뉴, 흰 편물 상의를 걸치고, 붉은 두건을 쓴다. 사모아 사람들 가운데 가장 건장하고 장신으로 선발된 이들이라 체력이 뛰어나다.

150미터가량을 여섯이 이어달리는 경주가 특히 재미있었다. 여기에서 원주민이 간발의 차이로 이겼다. 미 수병들은 당당한 덩치인데도, 꽤 이상한 몸짓으로 상체를 뒤로 젖히고 달리는 큰 피타피타보다 작아 보였다. 200미터 수영은 하와이 사람이 이겼다. 사모아 사람은 수영법에서 호놀룰루 원주민보다 매우 뒤졌다.

오후에는 야구 경기부터 열렸다. 원주민 팀 대 미 해군 팀이다. 미군 선수들과 똑같이 작은 모자에, 줄무늬 운동복을 입은 원주민 선수들은 흥미롭기 짝이 없었다. 경기를 보조하면서 원주민 소년들이 내지르는 강한 콧소리도 들렸다.

"좋았어!, 바로 저 녀석이야!"

뉴욕 야구장에서 듣는 것과 똑같은 말이다. 경기가 끝나자, 초조하게 기다리던 원주민 춤이 이어졌다.

투투일라 섬 서쪽으로 60여 마일 떨어진 곳에 마누아 섬[3]이 있다. 백인과 접촉이 없어, 고상한 토인들이 전통을 알뜰히 간직하고 있는 곳이다. 엊저녁에 온타리오가 그곳으로 가서 원주민 200여 명을 데려왔다. 그 사람들은 뽕나무 껍질이나 왕골로 곱게 짠 '시아포'라고 하는 알록달록한 재료로 엮은 소박한 파뉴를 걸쳤다. 그래서 몸에 새긴 사모아 특유의 문신이 보인다. 문신은 마치 맨살에 걸친 짧고 짙푸른 속옷처럼 보였다.

---

3   마누아 섬은 1904년 미국령이 되었다. 섬의 부족장이 1909년 사망하면서 원주민의 적통은 사라졌다.

그들은 몸에 바른 야자유 때문에 햇살에 번쩍였다. 얼굴에 수염도 그려 넣어 사나워 보였다. 옥수수 술을 닮은 솜털 같은 야자 술로 만든 희고 긴 가발을 쓰기도 했다. 두 노인이 앞으로 걸어 나오며, 뛰어오르고 곤두박질을 치면서, 기다랗고 묵직한 도끼를 들고 재주를 넘었다. 나머지 사람들은 근육이 멋지게 발달해 고상한 입상 같았다. 그들은 손에 작대기를 들고 두드리면서 그 박자에 맞춰 단조롭고 낯선 야성적인 노래를 불렀다.

그들은 그렇게 마당을 한 바퀴 돌고 나서 미군 제독과 장교들과 원주민 관리 등이 양쪽에 자리 잡은 귀빈석 앞에 멈추었다. 그 거동과 호전적 모습과 자랑스레 꼿꼿이 세운 머리에 정말이지 감탄이 터져 나왔다. 바로 이들이 라 페루즈 백작[4]의 선원들을 학살했던 사나운 전사의 후예였다.

나는 공연 중에 화려한 라바라바를 걸친 그림 같은 원주민 구경꾼들 틈에 끼어 있었다. 이들의 뻣뻣하고 짧은 머리는 타히티, 마르키즈 사람들과 매우 달랐다. 남자들은 누구나 솔질을 했다. 대다수가 익힌 산호를 삶아 우려낸 가루로 머리를 희게 염색했다. 이

---

4   라 페루즈호의 선장(1741~1788). 세계일주 항해를 하고 캄차카 반도까지 진출했던 해군 영웅. 이후 남쪽으로 내려갔다가 오세아니아 바니코로 섬에서 실종되었다. 역주 2 참조.

런 풍습으로 머릿결이 밤색 말의 털빛 같은 특이한 빛깔을 띠게 되었다. 원주민 절반은 금발이다.

마누아 사람들이 자리를 뜨자, 이번에는 올레세가 섬[5] 원주민들이 그 자리로 들어섰다. 화환처럼 밝은 라바라바를 입었다. 이 새로운 사람들이 귀빈석 앞에 깔린 돗자리에 자리를 잡고 앉아서 사모아의 특별하고 기막힌 '시바시바' 춤을 추었다. 무용이라기보다 오히려 노래가 뒤따르는 좀 웃기는 무언극 같다. 몸에 흰 가루를 뿌린 두 청년이 손발과 사지를 놀리면서 껑충대고 뛰어다니며 마당을 한 바퀴 돌기 때문이다. 긴 꼬리를 붙이고서, 코는 띠로 납작하게 묶었다. 원숭이 흉내를 낸 것이다. 둘은 다른 두 원주민의 등을 뛰어넘어, 괴상한 인상을 쓰고 웃기는 표정으로 관중들을 즐겁게 했다.

이 놀라운 공연으로 새삼스레 기억에 떠오른 것이 있었다. 망가레바[6]의 오래된 신성한 무용과 관능적인 타히티 춤과 보라보라

---

5   Ofu. Olosega, 미국령 사모아의 화산도. 오푸 섬과 한 쌍으로, 산호초로 이어진 섬이다.

6   Mangareva, 강비에 제도의 중심 섬. 1850년대에 프랑스 자치령이 되었다. 당시 주민은 약 1500명. 1966년 인근 해역에서 프랑스가 핵실험을 감행해 많은 주민이 피폭당했다. 그런데도 프랑스 해군은 피폭 사건을 비밀에 붙이고 핵실험을 1995년까지 계속했다. 주민들은 방사능 감염증에 시달렸지만 그것이 핵실험 탓인지도 몰랐다. 이런 사실은 핵실험을 중단하고 나서야 언론의 폭로로 알려졌다. 방사능의 위험에 대해 무지한 주민들을 매수하거나 침묵을 강요하는 일은 전 세계 어디서나 마찬가지다. 이렇게 섬뜩한 침묵으로 인해 핵발전소를 가동하는 우리 모

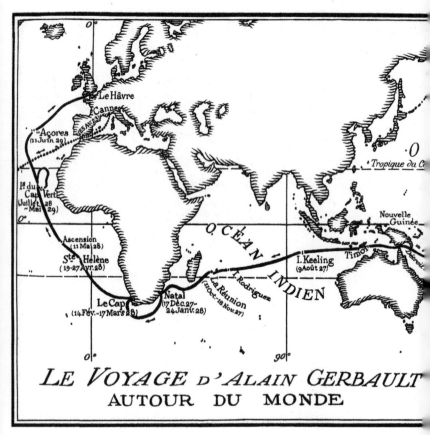

피레크레의 항로. 굵은 먹선으로 표시된 것이 『귀로에서』의 항로. 동그란 점선은 대서양 항로, 굵
고 끊어진 먹선은 저자의 또 다른 저서 『태양을 좇아서』의 기록으로 남긴 항로.

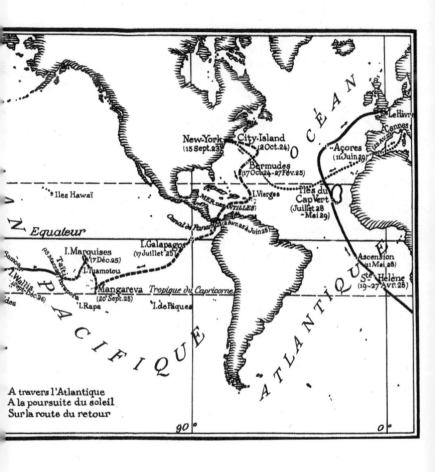

New-York (15 Sept.23) City-Island (2 Oct.24)

Bermudes (17 Oct 24 - 27 Fév.25)

O C É A N

Le Hâvre
Cannes

Açores (11 Juin 29)

Îles du Cap Vert (Juillet 28 - Mai 29)

I. Vierges

MER des ANTILLES

Iles Hawaï

Equateur

Canal de Panama (3 Avr. a 3 Juin 26)

I. Marquises (7 Déc. 25)
I. Galapagos (17 Juillet 25)

Tahiti
I. Tuamotou

Samoa

I. Wallis (Déc. 26)

Mangareva (20 Sept. 25)   Tropique du Capricorne

I. Rapa

I. de Pâques

Ascension (11 Mai 28)

Ste Helène (19 - 27 Avr. 28)

P A C I F I Q U E

A T L A N T I Q U E

A travers l'Atlantique
A la poursuite du soleil
Sur la route du retour

90°   0°

춤꾼들의 곡예처럼 기막힌 달인의 솜씨가 눈에 선했다. 그런데 지금 이렇게 이상하게 앉아서 추는 춤을 보면, 사모아 제도에서는 옛날에 타히티와 레아테아에서 이룩했던 고차원의 예술을 전혀 모르고 있었다.

나는 떠나기 전에 물통을 가득 채우려고 항구 끝의 정박장을 떠나 피레크레를 연안 둑 주변으로 몰았다. 걱정한 대로 금세 수많은 사람들이 몰려들었다. 이제 잠시도 조용할 틈이 없었다.

사모아 사람들은 마치 내 배를 자기네 것처럼 생각했다. 허락도 없이 선창을 넘어 갑판으로 뛰어올라, 내게 말 한마디 걸지 않고, 눈치도 살피지 않은 채 피레크레를 세심하게 살펴보았다. 타히티와 마르키즈에서 사람들이 절대로 나를 성가시게 하지 않던 것과 딴판이었다. 나는 이곳에서 완전히 다른 인종을 만난 듯했다. 결국 피레크레에 접근하지 못하도록 했다. 그래도 항상 둑에서 내 작은 몸짓 하나까지 놓치지 않고 염탐하는 사람들이 있었다. 그래서 나는 그런 경솔한 눈길을 피하려고 창을 닫아걸었다. 그리고 서

두는 더욱 큰 위험을 안고 살고 있다. 후쿠시마를 보았으면서도 쉬쉬하며 태연하다.

둘러 만 깊숙이 자리 잡은 외진 정박장으로 되돌아갔다.

　항해 지도와 지침을 전해줄 연락선 '샌프란시스코'를 기다렸다가, 7월 23일 닻을 올렸다. 조용히 사흘을 보내고 나자, 마침내 편서풍이 다시 불기 시작했기 때문이다. 그러나 뱃전을 앞으로 끌어내야 하는데, 역풍에 거의 전진하지 못했다. 미 해군 헤이스 중위가 큰 보트로 다가와 환송하면서 사진을 몇 장 찍고 나서, 항구 밖으로 예인해주겠다고 했지만 사양했다. 뱃사람이 자신의 모든 능력을 발휘해가며 항구를 드나드는 일은 범선 항해에서 가장 즐거운 일이기 때문이다.

　한참 동안 애쓴 끝에 나는 만을 벗어나 바다 위로 곧추선 거대한 현무암 봉우리들이 솟은 투투일라 해안을 따라 나갔다. 위험천만한 스텝 곶에서 가속도가 붙었다. 이곳에서 바다가 연안 멀리로 반쯤 물에 잠긴 현무암 암초들로 달려들더니, 갑자기 거친 남서풍이 내 뱃머리 삼각돛을 갈기갈기 찢었다. 돛을 바꾸는 동안 위험하기 그지없었다. 결국 유속 때문에 위험한 암초 위로 표류하고 말았다. 그래서 바람을 다시 타려고 수도 없이 뱃전을 당겨야 했다. 다행히 강풍이 불어 문제가 해결되었다. 나는 투투일라 서쪽의 곶과 위험한 봉우리를 뒤로 했다. 이 곳은 기억해야 할 아사우 만을 막고 있다. 일명 '학살만(虐殺灣)'이라고 불리는 이곳에서, 1787년에 라 페루즈 백작의 여러 해군 수병과 레모농 기사와 랑글 백작이 숨졌다.

땅으로 막힌 곳을 벗어나자, 편서풍이 아주 시원하게 불었다. 피레크레는 밤새 심하게 출렁대며 바다를 질주했다. 나는 선실 마루에 누워 잠을 잤다. 침대에 몸을 누일 수가 없었다. 그러던 중 또 다른 사건으로 다른 곳처럼 바다에서도 늘 뜻밖의 큰 위험이 도사리고 있음을 알게 되었다. 거센 파도에 납덩어리를 채운 묵직한 청동 촛대가 바닥으로 떨어지면서 내 머리를 몇 센티미터나 찢어놓았기 때문이다. 몸에 떨어졌다면 중상을 입을 뻔했다.

이튿날 나는 우폴루 섬 근처에 있었다. 이미 거쳐 온 동쪽 섬들과 판이한 풍요로운 모습이 기막혔다.

나지막한 산들은 바다 쪽으로 부드럽게 경사를 이루며 자락을 펼친다. 완전히 초록이고 또 개간되었다. 라 페루즈의 해로를 따라

이곳에 숙영하면서, 뒤몽 뒤르빌[7]이 "이 섬의 아름다움은 타히티를 능가한다"고 했던 장소다.

연안을 넓게 돌아다니며 비교해보니, 나는 뒤몽 뒤르빌의 의견에 동의할 수 없었다. 바다 위에 곧장 깎아지른 듯 봉우리가 높고 계곡이 깊은 장엄한 산은 타히티가 더 좋다. 내가 보았던 섬들 가운데 마음에 드는 것들은 우선 투아모투 제도[8]의 환초, 예컨대 땅은 극히 적고 안팎으로 바다뿐인, 진짜 뱃사람의 은신처 마케모 환초 같은 곳이다. 또 환상적인 아름다움이 넘치는 파투히바, 마르키즈 제도와 모레아 섬, 그리고 그 모든 곳 가운데 가장 장엄한 타히티, 보라보라, 투투일라. 아무튼 나는 개화되고 어색하게 태를 낸 것보다 야성미가 더 좋다.

나는 오후에 바깥 암초 사이로 빠져나와 아피아 정박장으로 들어가 사모아 역사에서 유명한 마타우투 반도에 닻을 내렸다. 섬의

---

7 1790~1842. 프랑스 탐험가. 남극해, 뉴질랜드 등지를 탐사했다. 남극 탐험, 세계일주 등의 풍성한 항해기를 남겼다. 그가 채집한 식물도 귀중한 자료. 남극 대륙에는 그를 기념하는 프랑스의 기지가 있다.

8 타히티 동쪽 바다에 있는 76개의 산호섬으로 구성된 제도. 파우모투 민족의 섬인데, 지금은 프랑스 폴리네시아의 영토가 되었다.

관리들과 보건소 직원이 내 배를 떠나고 나서, 수많은 통나무배들이 피레크레를 따라 줄지어 따라왔지만, 이런! 어떡하나, 원주민들이 갑판으로 올라와 내가 머무는 동안 가져갈 것이 뭔지 매우 궁금해서 난리였다. 그래서 나는 즉시 어떤 손님도 배에 들이지 않기로 했다.

새로운 곳이었지만, 풍경이 낯설지 않았다. 로버트 루이스 스티븐슨[9]이 사모아의 한 마을 벨리마에서 쓴 편지에서 마타우투, 물리누 반도 등 아피아 연안을 묘사해두었기 때문이다. 스티븐슨은 독일 순양함 '제아들러'의 난파에 관한 이야기도 남겼다. 이 배는 다른 군함 네 척과 함께 1889년의 태풍에 침몰했다. 그때는 말리에토아 왕과 마타파 왕이라는 두 세력이 전쟁 중이었다. 영국, 독일, 미국도 사모아 제도에서 전투 중이었다.

산 한쪽에 지금은 정부 관사가 된 벨리마와 베아 봉이 보였다. 스티븐슨의 묘가 있는 곳이다. 긴 여로에서 틈틈이 그의 작품들을 읽으며 독서삼매에 빠졌다.

---

9   1850~1894. 영국 문인으로 『보물섬』의 작가. 서유럽 문명을 혐오하고 사모아에 살다가 이곳에
     묻혔다. 북아메리카 횡단, 프랑스 종주를 비롯해 주옥같은 기행문을 남겼다.

완전히 백인이 차지한 사모아의 수도 아피아 시는 가게와 상가로 들어차 여행자들은 관심 없어 한다. 아무튼 바닷가 넓은 공터에 흥미로운 전통시장이 있는데, 이곳에서 바나나 잎에 싸서 익힌 생선과 토란의 일종인 타로, 게, 또 '팔로사미'라고 야자 즙에 넣어 익힌 타로 새순을 팔고 있다. 사모아의 최고급 간식이다.

나는 며칠 머무는 동안 돛을 수리하느라 바빴다. 습기에 제대로 대비하지 못했던 사진기와 영화촬영기도 정비했다. 창틀 방수와 실내 환기가 잘 안 되는 점이 피레크레의 큰 약점이다. 항해 중에 겪으면서 줄곧 고쳐온 부분을 나중에 차분히 수리해야 한다.

아피아 주교가 점심에 나를 초대했다. 주교관은 마을에서 6킬로미터 떨어진 언덕 위에 있었다. 말을 타고 가는 산책길이라 아주 즐거웠다. 이 비옥한 고장에서 원주민의 흥미로운 마을들을 거쳤다. 오두막은 둘씩 짝지어 마주 보고 있었다. 하나는 주거용, 다른 하나는 손님용이다. 선교관의 땅은 바다를 굽어보는 멋진 자리였으나, 안타깝게도 야자수 대부분은 그곳을 깎아버린 거대한 땅 깎는 기계 바퀴에 뭉개져버렸다.

이 섬에서 나는 사모아 제도와 통가 제도[10]의 원주민 두 팀이 겨루는 럭비 경비를 관전했다. 경기장은 마을에서 1킬로미터 떨어진 곳이다. 폭은 좁고 길이도 짧았다. 선수들은 그림처럼 멋진 모습이었다. 통가 선수들은 맨발인데, 백인 혼혈이 여럿 보이는 사모아 선수들은 바다에 들어갈 때 신는 신발이나 양말을 신고 각반 같은 것을 둘렀다. 경기는 점잖고 조금도 거칠지 않았다. 방문 팀이 승리의 환호를 올리며 끝났다. 그들의 실력은 대단했다.

뉴질랜드 통치하에서 럭비는 그 전부터 섬들에서 두루 즐기던 크리켓을 밀어냈다. 각 마을마다 돌며 열리는 순회경기에 많은 인파가 몰렸다.

내가 만난 사모아 사람들은 태평양 동쪽의 폴리네시아 사람들과 완전 딴판이다. 호기심도 덜해 성가시지 않았다. 지나는 외국인에게도 아주 호의적이다. 이런 태도가 백인과의 접촉 때문인지 궁금했고, 사람의 왕래가 뜸한 마을에서 원주민들과 함께 지내보고도 싶었다. 그래서 나는 우폴루를 떠나 사바이 섬을 찾아갔다. 정

---

10 피지 제도에서 650여 킬로미터 동쪽의 왕국이다. 기원전 1300년경부터 동남아시아 사람들이 내려와 정착했을 것으로 추정한다. 1773년 제임스 쿡 선장이 방문한 이후 프렌들리 제도라고 부르기도 했다.

박할 포구도 거의 없고 배들이 잘 드나들지 않는 곳이다. 이 섬 북쪽 해안의 사푸네 마을에 '남태평양의 모아나'라는 영화를 찍으러 사람들이 왔었다[11]. 나는 그곳을 찾지는 않았다.

눈길을 끄는 포구는 아사우. 별로 깊지 않지만 좁은 해협을 따라 펼쳐져 접근하기에 힘겹다. 그러나 그 길목만 넘어서면, 모든 바람을 막아주고, 또 내호(內湖)로 들어선다. 피레크레의 선구를 급히 수리하기에 안성맞춤으로 보였다. 그곳에는 작은 마을 둘뿐이라 방해받지 않고 일할 만했다.

---

11 기록 영화의 선구자 미국의 로버트 플래허티가 1926년 이곳에서 사실과 허구를 뒤섞은 '다큐픽션'을 촬영했다. 영상의 역사에서 기념비적인 장소라 할 수 있다.

보라보라 섬을 떠나면서

보라보라 섬 원주민 청년들
과 접이식 '베르통' 보트

사모아 섬의 파고파고에서

알랭을 찾아온 소년들

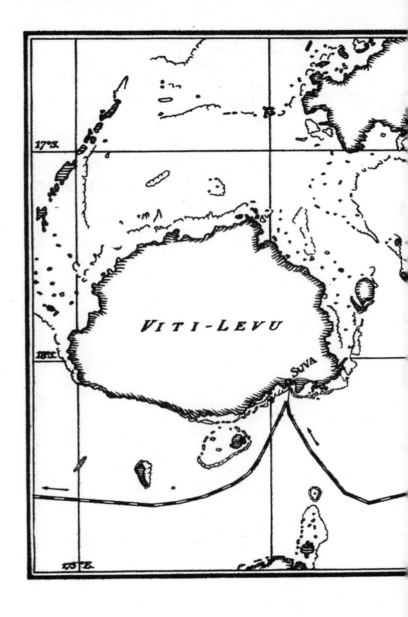

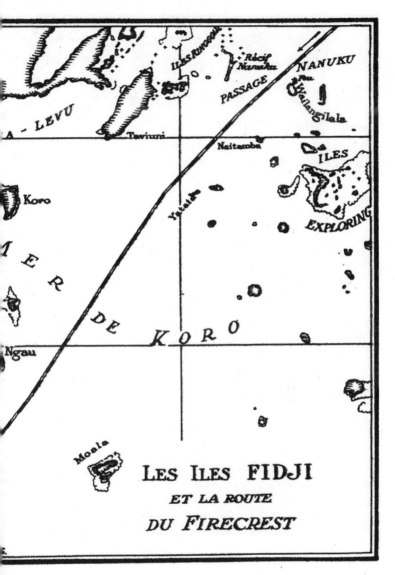

피지 제도에서 피레크레의 항로

사모아의 전통 축제

2
불운한 항로

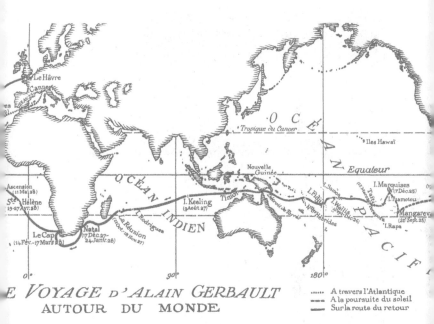

LE VOYAGE D'ALAIN GERBAULT
AUTOUR DU MONDE

..... A travers l'Atlantique
=== A la poursuite du soleil
=== Sur la route du retour

아피아 정박장을 나오면서, 나는 '클랜 라인'이라는 거대한 화물선 곁을 스쳤다. 선원들이 환호하며 인사를 건넸다. 그날은 8월 13일 금요일. 특별한 날도 아니다. 나는 미신 따위를 믿지 않는다. 그렇게 나는 다가올 수많은 돌발 사건을 꿈도 꾸지 못했다. 그러기는커녕 기분 좋게 출발했던 편이다.

이튿날 아침, 선선한 동풍에 끌려 사바이 앞바다로 나갔다. 화산암 연안에 거친 모습이다. 산봉우리부터 바닷가까지 거대한 용암이 흘러내려 만들어진 곳이다. 어마어마한 현무암 덩어리들은 1906년에 화산이 터지며 남긴 자취였다.

시원한 편서풍이 거친 돌풍을 일으켰지만, 부두에 바짝 다가와 있어 이제 다 왔다고 생각했다. 바다는 아사우 정박소를 보호하는 산호초들 위로 몰려들었다. 입구에 방파제는 없었다. 내가 해협으로 들어서고 있었기 때문에, 갑자기 치고 오르던 돌풍에 갑판에서 굵은 버팀밧줄이 뒤틀리면서 요란하게 끊어졌다.

이곳 해협은 폭이 100미터도 될까 말까 한 데다 갈수록 좁아졌다. 이곳을 통과하려면 재앙을 각오해야 한다. 나는 즉시 해협 밖으로 빠져나왔다. 지나왔던 암초를 거의 다시 거슬러갔다.

돛 밑단을 펴서 밧줄을 다시 묶을 때까지, 다시금 큰 돛을 끌어올렸다. 그사이, 아사우에서 불어오는 바람에 멀리 밀려나면서 부두로 접근하려면 바람에 맞서 지그재그로 나아가야 했다. 겨우 길을 다시 접어들었나 했더니, 곧 뱃머리 삼각돛과 또 앞 돛대 귀퉁이의 아딧줄이 끊어졌다.

해가 떨어지기 전에 해협 앞까지 진출하기란 글렀다. 이튿날까지 아사우 바람을 타고 밤새 침로를 바꾸지 않고 달려야 했는데…

발리스(월리스) 제도[12]까지 바람을 타고 250마일가량 가야 한

---

12 Wallis, 타히티와 누벨칼레도니아 사이에 자리 잡은 우베아 왕국의 섬이다. 수도는 마타우투.

다. 훈풍이 계속 불어도 꼬박 사흘 걸릴 길이다. 악운이 악착같이 따라붙는 판이었으니, 훈풍에도 열두 시간이나 허비하지 않고 바람에 뒤로 밀리지 않으려면, 계획을 바꾸는 편이 좋았다. 발리스 제도의 초호에서, 장비를 점검할 시간이 있지 않을까 싶었다.

그래서 밤이 되자마자 급히 길을 바꾸어 서쪽으로 기수를 돌렸다. 흥미롭게도 여섯 시간 뒤에 거칠던 바람이 미풍으로 바뀌었다. 하지만 아사우 포구로 접근하기에는 너무 뒤로 물러나왔던 터였다.

시커먼 빛깔이 푸른 야자수와 대비되는 높은 현무암 봉우리들에 둘러싸인 만은 호수처럼 잔잔했다. 그 암초 위에 작은 고기잡이 통나무배 한 척이 있었다. 나는 여기에 있을 만한 것이 없다는 아쉬움에도 행복한 생각에 젖었다.

나는 종종 생각에 젖어 꿈같은 생활을 그려보곤 한다. 금세 내가 들렀던 곳의 기억만큼이나 생생하게 떠오른다. 아름답지 못한 현실을 무시해버리고 영원한 꿈속에 살아 있는 기억이다.

어느 날 저녁, 나흘간 불어댄 산들바람 끝에 우베아와 발리스섬이 북서쪽으로 10여 마일 거리에 나타났다. 해도대로 해류는 내 돛을 이끌면서 남서쪽으로 가볍게 흘렀고, 나는 밤새 그 흐름에 배를 맡겼다. 아무튼 거의 잠을 못 잤다. 바람이 줄곧 시원해 자주 갑

우베아 섬에 좌초한 피레크레(위), '카시오페호'의 장교들(아래)

판으로 나왔지만, 너무 캄캄해서 아무것도 보이지 않았다.

날이 밝자마자, 놀랍게도 우베아 섬의 바깥 암초가 불과 몇 연[13] 앞에 있었다. 예상과 전혀 다르게 해류가 밤새 북쪽으로 강하게 흘렀던 것이다. 서둘러 돛을 올렸지만 암초가 지척에 다가왔다. 바람은 심하게 암초로 곧장 불었고, 그 윙윙대는 힘에 배가 잘 나가지 못했다. 그래도 피레크레처럼 날렵한 쾌속선은 요동치는 파도 위에서 그럭저럭 잘 버티기 때문에 바람을 이용해 물살과 침로를 잘 유지했다. 그렇지만 제일 큰 돛의 맨 끝이 찢겼다. 그런데 갈수록 더욱 크게 찢어지면서 둘로 갈라질 위기였다. 그렇다고 돛을 내릴 수도 없었다. 즉시 암초에 걸릴 것이기 때문이다. 무사히 돛을 내리려면 멀리서 조금 더 기다려야 했다. 그렇게 해서 나는 거의 반 시간 동안 계속 바람을 안은 채로, 가능한 한 바람이 돛 가장자리를 누빈 줄을 때리지 않도록 세심하게 돛을 다루었다. 돛이 이제 갈라질 지경이라, 나는 단김에 그것을 끌어내리고서 꿰맬 도구를 챙겼다.

수리는 기록적으로 신속했다. 난폭한 파도에도 큰 돛은 빠르게

---

13   길이 단위로 1연은 185.2미터.

올라갔다. 아무튼 다시 길로 접어들면서 또다시 암초 근처에서 그토록 힘겹게 받던 바람을 완전히 놓쳐버렸다.

암초 주위에 푸르고 작은 섬이 보였다. 그 백사장에 원주민들 여럿 있었다. 그들은 배를 모는 모습을 이상하게 보며 놀라워했을 것이다.

바람에 맞서 수없이 배의 측면을 끌어당기고 또 파도가 끊임없이 높아지는 가운데, 나는 오후 2시에 남동쪽 호니콜루 해협 앞에 도착했다. 해류가 험해 들어가기 매우 어려운 입구로 유명한 곳이다. 오래전에 프랑스 군함 '레르미트'가 이곳에서 좌초했고, 그 굴뚝이 물 위에 솟아 있어 해협 입구를 가리키는 이정표가 되었다. 그렇게 무모한 항해자에게 경고하는 표시였다. 그렇지만 내가 갖고 있는 항해 지침에는 입구가 낮고 잔잔한 곳으로 되어 있었다. 보라보라에서 '카시오페호' 함장도 마찬가지로 말했다. 아무튼 나는 강한 물살을 타고 진입하는 쪽을 택해 해협으로 나아갔다. 가시거리가 너무 나빴다. 보슬비가 내렸고 우베아 섬의 높은 암벽조차 알아볼 수 없었다. 다행히 뱃전으로 바람을 받으며 물살을 타고서 쉽게 해협을 통과했다. 전방 200미터에 부표가 떠 있었다. 그러나 나는 지도에도 없고 비 때문에 보이지도 않는 산호초에 걸려 꼼짝

하지 못했다. 나는 재빠르게 비상 고무보트로 피레크레에서 40여 발 떨어진 곳에 작은 닻을 내렸다. 그러고 나서 왕밧줄에 걸린 도르래를 돌려가며 밧줄이 멈추었을 때 암초를 빠져나왔다. 운 좋게 물이 높이 올라와 피레크레는 다시 떠올랐다.

이렇게 해서 무아 마을 앞 정박장에 닻을 내렸다. 원주민 셋이 탄 통나무배가 냉큼 튀어나와 내 옆으로 왔다. 그중 한 사람은 이 고장 선원이었다. 그러나 정박장은 쾌적하지 않았다. 뭍에서 너무 멀리 떨어져 있었고, 그 바닥은 단단하고 갑자기 요동쳐서 쇠사슬을 피곤하게 흔들어댔다. 나는 다시 출항해 마타우투로 향하기로 했다. 이 섬의 수도이자, 산호초에서 북쪽으로 6마일 떨어진 곳이다. 나는 돛과 닻을 올렸다. 닻줄을 매도록 가로 박은 나무인 닻장을 뱃머리 제1사장(斜檣)에 맨 밧줄까지 끌어올렸다.

그런데 이상했다. 닻이 너무 쉽게 끌어올려져 놀랐다. 나는 전방을 살피는 원주민과 함께 암초를 피하면서 키 손잡이를 잡고 있었다. 그때 퍼뜩 떠오르는 생각이 있어, 앞으로 달려가 닻을 물에서 완전히 끌어올렸다. 그렇게 쉬웠던 까닭을 알았다. 닻채 중간 부분이 부러졌기 때문이었다. 윗부분만 고리에 걸려 있었다. 믿을 수 없었다. 파나마에서부터 썼던 것이고, 그 부러진 자루의

쇠붙이는 지름이 5센티미터나 되기 때문이다. 니스 항에서는 이보다 고리가 덜 두꺼운 기중기로도 피레크레를 끌어올렸는데….
난감한 사건이지만 하도 여러 번 힘든 일을 겪은 터라 당황스럽지는 않았다.

나는 곧 마타우투 선창으로 다가갔다. 그렇지만 기대했던 정박한 배나, 또 배를 댈만한 계류선 같은 것이 없었다. 정말 더럽게 꼬였다. 나는 암초를 피하려고 계속 빙빙 돌다가, 결국 산호초를 떠나기로 했다. 다시 바다로 나가 피지 제도로 향하려 했다. 그때 고기잡이를 마치고 작은 모터보트가 들어오고 있었다. 나는 배를 몰면서 그 배 주인에게 내가 처한 사정을 소리쳐 설명했다. 그러자 그는 친절하게 자신이 갖고 있던 닻을 빌려주겠다고 했다. 어렵게 상륙하게 되었지만 안심할 수 없었다. 정박장은 거세게 부는 편서풍을 막지 못했다. 그곳의 밑바닥은 단단하고 탄력도 없어, 쇠사슬이 크게 흔들렸다. 닻을 두 개 걸어야 했지만, 낮에 배에 남아 있던 닻 두 개를 이미 잃어 남은 것이 없었다. 그래서 고리에 걸어놓은 닻에만 기대야 했다.

나는 이곳에 사는 의사 댁에서 저녁을 먹고 나서 밤 10시에 배로 돌아왔다. 바람은 여전히 시원했다. 산호초에는 파도가 거세게 넘실대고, 피레크레의 뱃머리는 파도 속에 잠겼다가 나오곤 했다.

나는 잠을 제대로 못 잤다. 닻이 미끄러지면 사슬을 조금 더 당겨 조이려 갑판으로 나갔다. 쇠사슬이 바닥을 두드리는 소리에 깨곤 했다. 하지만 내가 무슨 조치를 취하기도 전에 배는 산호초에 걸렸다. 사슬을 조금 당겨보니 깨져 있었다. 바람은 남쪽에서 폭풍이 되어 돌아왔다. 피레크레는 해안에 비스듬히 자빠졌고, 파도가 칠 때마다 요란한 굉음을 내면서 오르락내리락했다. 막막한 상황이었다. 부두에 보트 한 척 없고, 앞바다로 나가 내릴 수 있는 닻도 없었다. 이렇게 세찬 바람에는 증기선이라도 있어 배를 끌어낼 수 있으면 좋으련만…

밀물이 다시 높아졌지만 물이 빠져나가면서 피레크레가 산산조각 날 수도 있겠다고 생각하니 끔찍했다. 파도가 맹렬하게 들이치는 갑판에서 나는 충직한 동반자의 고통에 속수무책이었다. 암초 위에서 거의 한 시간을 보냈다. 그런데 갑자기 배가 연안에 완전히 자빠지기 시작했다. 갑판은 수직으로 일어서고, 창들은 물에 잠겼다.

내가 해변으로 헤엄쳐 가기 시작했을 때, 놀랍게도 피레크레가 나를 쫓아왔다. 사실 이놈도 나와 거의 동시에 해변으로 몰리다가,

구르는 충격을 흡수하는 모래 위로 높은 밀물에 떠밀려 쓰러졌다.

선실에 물이 거의 차지 않아 다행이었다. 완전히 칠흑 같은 밤, 새벽 1시 반이었다. 피레크레 선실 안에 처박힌 나는 우울하기 짝이 없었다. 이제 피레크레와 내 여정은 끝장 아닐까 싶었다.

아침에 피레크레를 모래밭에 남긴 채 바닷물이 빠졌다. 배 바닥을 받치는 납용골이 사라졌고, 그것을 지탱하던 놋쇠 볼트들은 나무용골 바로 옆에 부러져 있었다.

이렇게 암초에 반복해서 부딪히는 충격으로 용골이 부러져나갔다. 피레크레는 4톤의 무게로 해변을 구르며 뒤집히다가 오뚜기처럼 균형을 찾았다. 이런 자세로 약한 물에만 끌리면서, 해변 쪽으로 부드럽게 떠올랐다.

미신을 믿는 사람들은 이런 불운을 내가 출발하던 날의 일진이 좋지 않았다고 하거나, 영국 친구들은 그렇게 운을 거스르려 했다고 할 것이다. 하지만 나는 또다시 그렇게 떠난다 해도 아무 걱정 없이 출발했을 것이다. 그런데 내가 아피아에서 출발했던 13일의 금요일, 13시는 파리 시간으로 14일 토요일이었으니까, 발리스 제도와 호주에서도 이 시간이었다.

지난 일을 돌이켜보니, 최악은 면했구나 싶은 회심의 미소가

지어졌다. 돛 아래 큰 밧줄이 더 멀리 아사우 해협에서 끊어졌을 수도 있다. 그렇다면 바다 한가운데에서 좌초하고 말았을 것이다. 만약 용골이 풀어지지 않았다면, 피레크레는 산호초에서 박살이 났을 것이다.

선구의 많은 부분을 최상의 상태로 유지하면 좋겠지만, 오랜 항로에서 필요한 부품 조달이 어려우니 어쩔 도리가 없었다. 사모아에서 나는 기대하던 것을 찾지 못했다. 닻은 거의 새것이었다. 물론 더욱 강한 캘리버 제품을 쓸 수도 있었다. 선원들은 튼튼한 것은 절대 망가지지 않는다고 하지만, 나는 항상 20브라[14] 깊이에 닻을 내리곤 했다. 그래서 더 무거운 사슬을 권양기 같은 정박 장비 없이 혼자서 갑판으로 끌어올리기는 극히 어렵다.

---

14 영어로는 '페덤', 1브라는 약 1.8미터. 두 팔을 벌린 폭에 해당하는 한 발보다 조금 길다.

3
다시 배를 띄우다

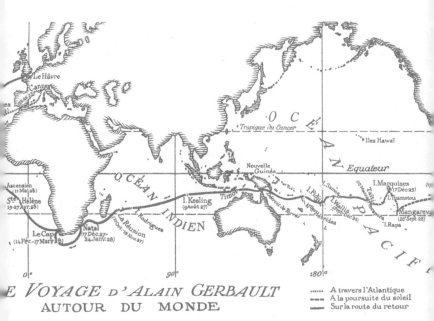

LE VOYAGE D'ALAIN GERBAULT
AUTOUR DU MONDE

...... A travers l'Atlantique
━━━ A la poursuite du soleil
━━━ Sur la route du retour

피레크레는 무사했다. 하지만 그것을 다시 바다에 띄운다는 것은 애당초 불가능해 보였다. 4톤짜리 납용골을 찾아, 그것을 해변의 배까지 끌어오고, 또 1미터가 넘기도 하는 깨진 볼트들을 수리해 말짱하게 만들고, 용골을 제자리에 끼우고, 수심 1미터 80센티미터의 산호초 위로 1미터 90센티미터가 넘는 배를 넘기는 것, 이 모든 것을 해결할 수 없을 것만 같았다.

대장간은 고사하고 아무것도 없는 섬에서, 원주민 5,000명의 말조차 알아들을 수 없었다. 이곳의 유일한 직인이래야 중국인 둘뿐인데, 이들이 모든 일을 도맡아 했다. 하지만 배의 골조 작업을 전혀 몰랐다. 나중 일은커녕, 우선 자빠진 자세로 큰 압박을 받고 있는 선체부터 일으켜 세워야 했다. 우선 선구 일부를 끄집어냈다. 이어서 선실의 바닥짐을 마타우투의 숙소와 프랑스 상인 집으로 옮겼다.

이튿날, 내 부탁으로 촌장이 원주민 60명을 동원했다. 상인 J. S. 브리알이 통역을 맡아 도와주었다. 피레크레를 수많은 도르래로 다시 일으켜 세우고, 용골을 견고하게 받쳤다.

얕은 암초의 바다에 잠겨 있던 용골을 되찾았다. 야자열매를 말린 코프라를 운반하는 거룻배가 용골 위에 걸려 좌초되어 있었다. 거룻배는 금속 케이블과 가로장선에 꼼짝 못하고 걸렸던 것이다. 밀물이 들자 거룻배가 떠오르면서 용골을 들어올려, 용케 피레크레로 용골을 가져왔다.

나는 다시 선실로 돌아와 생활할 수 있게 되었다. 안전하지만 그래도 이전처럼 진전은 없었다. 배를 다시 띄우기도 몹시 힘들었다. 우선 새 볼트부터 만들어야 했다.

나는 여러 달 동안 배들이 지나다니지 않을 것이라는 사실을 잘 알고 있었다. 바다에서 버틸 만한 작은 돛배라도 섬에 있었다면, 나는 그것을 당장 빌려 피지 제도로 건너가 새 보트를 만들 텐데, 아이고! 이 산호초에는 내해나 돌아다니는 작은 통나무배들밖에 없었다. 그 멋진 배들 가운데 현재 원주민의 조상들이 통가 제도까지 오가면서 타던 배는 전혀 없었다. 그런 옛날 배들 가운데 '로미포', 즉 '파도를 가르는 배'라는 이름의 유명한 배는 통가 제도에서 왕릉에 쓸 거석들을 실어 날랐는데….

그렇다고 모래나 시멘트 자루를 피레크레에 채우고 피지까지 갈 엄두가 나지 않았다. 폭이 좀 넓고 깊지 않은 배라면 쉽고 안전하게 할 수 있겠지만, 내 배는 폭이 좁고 안정성이 떨어지기 때문에 그렇게 할 수도 없었다.

이렇게 어쩔 수 없이 발이 묶인 채, 고립된 이 흥미로운 섬의 매력에나 취하면서 마냥 기다릴 수밖에 없었다.

발리스 제도는 1767년 영국의 '돌핀호'가 처음 찾은 곳으로, 그 배의 선장 새무얼 월리스의 이름을 붙인 섬이다. 이 제도에 작은 섬들이 암초처럼 둘러싼 산호초 안에 150미터 고지의 우베아 섬이 있다.

이 섬 원주민 5,000명은 폴리네시아의 유구한 인종 통가족의 후손이다. 이들은 같은 종족인 타히티, 하와이 후손이 이룩한 높은 문명에 이르지는 못했다. 그러나 여전히 흥미로운 문명을 보여준다.

1887년부터 이 섬은 프랑스 보호령이 되었다. 그 군주, 발리스 왕 라벨루아는 60대 노인으로 꽤 위엄에 넘치는 풍모였다. 마타우투의 대성당 그늘 아래 왕궁이 서 있다. 잡색 벽돌로 쌓은 끔찍한 건물인데, 이것을 지은 백인의 예술 감각은 얼마나 둔한가! 아무튼 왕은 가족과 함께 이 석조건물 뒤 토착 오두막에서 살기를 더 좋아했을 테지만…

나는 섬에 도착한 며칠 뒤 프랑스 주민을 따라 그 집을 찾아가 보았다. 야자수 잎을 엮어 타원형 지붕을 올린 그 집은 좁게 두 곳만 트였다. 분명히 발리스의 오두막은 사모아의 것만큼 깔끔하지도 않고 통풍도 뒤진다. 마르키즈 제도의 옛날 오두막보다 불편한 편이다. 그런데도 열대지방의 유럽 가옥보다 훨씬 시원한 안식처다.

그곳의 원주민 돗자리에 앉아, 나는 왕에게 내가 거쳐온 여로의 사진들을 보여주면서 여행의 동기랄까, 차라리 동기도 없는 동기 같은 것을 설명해보려 했다.

왕의 실권은 허울뿐이었다. 모든 일을 마리스트 선교단이 선택한 토착귀족 장관들이 통제했다. 이런 기본적인 영향과 함께, 프랑스 대표의 영향을 끊임없이 받는다. 그래도 그는 백성의 큰 존경을 받았다. 전통 관습적으로 확연한 존경이다. 그가 행차할 때면 많은 사람들이 길바닥에 나와 앉았다.

그 얼마 뒤 어느 화창한 아침, 나는 왕궁으로 초대받았다. 그곳
에 여러 마을 촌장들이 찾아와 왕을 모시고 있었다. 베란다 앞에
카와카와 뿌리, 마와 토란 더미, 돼지 한 마리, 수많은 닭, 또 이 나
라의 고운 돗자리가 가득했다. 카와카와는 서폴리네시아의 전통주
다. 사모아에서 마셔보았는데, 세련된 야자수 사발에 따라 예법에
따라 마셨다. 의식을 주관하는 무당 격인 '마타풀'이 회식에 참석
한 사람들을 호명하는 가운데 '명예의 카와카와'라고 하는 첫 번째
잔을 내가 받았다. 그다음, 수석 장관이 폴리네시아의 전형적인 웅
변으로 일장연설을 했다. 이곳에 정착한 영국인이 통역을 했다.

"이 젊은 선장은 혼자 작은 배로 바다를 건너왔습니다. 야자와
마를 키우는 이 농장에서 머나먼 고국을 떠나 홀로 발리스에 왔습
니다. 그를 챙겨줄 하인도 없었습니다. 우베아 섬 촌장들은 이 젊
은 프랑스 선장을 손님으로 영접하는 뜻에서 카와카와 뿌리와 궁
전 앞에 쌓아놓은 모든 식량을 드립니다. 그가 여로에서 위신을 지
킬 수 있기를 빕니다. 이렇게 폴리네시아의 전통 관습대로, 찾아온
손님을 위해 기원합니다."

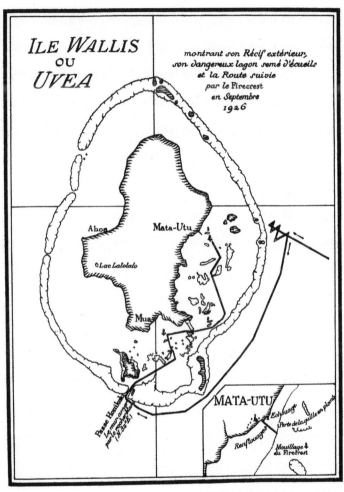

우베아 섬(월리스 섬이라고도 부른다).
1926년 9월 섬 바깥 쪽의 위험한 산호초와 암초 사이로 통과한 피레크레의 항적.

우아한 우베아 언어로 화려하게 낭송한 연설이다. 나는 이렇게 과분한 선물에 크게 감사하고 가축들을 원주민 몇 집에 맡겨두었다.

나는 왕에게 윈체스터 소총을 선물했다. 왕은 그 전에 이미 내 배를 찾아왔었다. 왕비와 공주도 저녁에 나를 찾아와 이 나라 의회에서 내게 전하는 돗자리를 가져왔다. 왕비는 짧은 머리를 솔질했고, 공주는 머리를 어깨까지 치렁치렁 길렀다. 우베아에서는 갖가지 머리 모양을 볼 수 있었다. 소녀들은 짧게 자른 머리를 했고, 처녀들은 치렁치렁 긴 머리, 유부녀는 짧고 솔질한 머리를 했다. 태평양에서 옛날의 일반 풍습에 따라, 머리는 산호를 삶아 우려낸 가루로 하얗게 염색했다. 공주는 대단히 예쁘고 우아했다. 갈색 피부이지만 얼굴은 유럽인 같았다. 공주와 왕비는 순진하게 놀라면서 감탄을 터트렸다. 스웨덴 성냥을 보고서, 귀걸이 대신 귀를 막는 꽃잎장식에 여러 개를 쑤셔 박았다.

나는 차츰 원주민을 알게 되었다. 일요일, 바다에 둘러싸인 성당 앞 '말래'라는 광장에서, 나는 이 나라 청년들에게 축구가 얼마나 멋있는지 가르쳐주려 했다. 땅은 몹시 나쁘고 돌투성이였다. 또 이 친구들이 손으로 공을 잡는 것을 막지도 못했다. 타원형 공이라도 있었다면, 럭비를 가르치는 것이 더 나았을지 모른다. 이곳에서 널리 즐기는 경기는 사모아처럼 크리켓과 야구다. 각 마을마다 악착같이 승리를 겨룬다. 그런데 공이 나무공이라서, 머리를 크게 다치기도 했다.

나는 저녁마다 성당 뒤에 '학교'라고 부르는 큰 오두막을 찾곤했다. 청년들이 기숙하는 곳이었다. 이곳은 요컨대, 선교사들이 모집한 미혼 청년들이 가족과 떨어져 합숙하면서 선교 사업을 하고 있었다. 여학생들도 그 옆의 큰 오두막에서 생활하면서 가톨릭 수녀들의 보호를 받았다. 섬에는 프랑스 수녀회가 세 곳 있다. 헌신과 완벽한 탈속의 모범이다.

나는 청년 기숙사에서 종종 저녁을 보내면서, 돗자리에 비스듬히 누워 앉아, 카와카와를 마시고, 젊은 친구들이 즐기는 옛 춤을 구경했다. 흥미진진하고 야성적인 군무인데, 동폴리네시아의 춤과 다르게 세련되고 예술적이다. 왕골을 말아서 짠 북을 치는 반주에 따른다. 소년들은 막대 같은 북채로 북을 두드리면서 건조하고 요란한 소리에 맞춰 낯선 노래를 부른다.

나는 이곳이 내 집처럼 편했다. 훌륭하고 정다운 대접을 받았다. 섬의 또 다른 해안 동네, 아호아 촌장 '파카트'도 나를 잘 보살펴주었다.

우베아 섬의 '피로그' 선박(위)
우베아 섬의 원주민 가옥(아래)

우베아 왕국의 공주

촌장 파카테

우베아 국왕 라벨루아

촌장은 멋진 노인이다. 체격이 당당하고 옆모습은 인디언 같다. 나는 그를 따라 말을 타고서 우거진 원시림을 헤치며 좁은 오솔길을 따라 섬의 신비스런 한복판 깊숙한 곳을 산책했다.

그다음에 그의 자택에서 큰 잔치가 열렸다. 땅 속에 묻어 구운 돼지고기와 입맛을 다시도록 준비한 폴리네시아의 수많은 요리가 나왔다. 그러고 나서 천천히 내 배로 돌아갈 때, 돗자리와 토속직물과 먹을거리 등을 든 행렬이 뒤따라왔다. 이런 것은 모두 내가 점점 더 애착을 느끼게 되던 이 민족의 정과 호의의 표시로 받아야 하는 선물이다.

그러던 어느 날, 마침내 수평선을 가로막던 산호초 위로 연기가 솟았다. 그러더니 곧 기선이 산호초 안쪽으로 구불구불한 수로를 따라 들어왔다. 하지만 기다리던 영국 기선이 아니었다. 프랑스의 낡은 수송선 '페르방슈호'였다. 1,000마일 떨어진 누벨칼레도니의 수도 누메아에서 오는 길이었다. 아무튼 서오세아니아의 거대한 프랑스 영토에서 처음으로 발리스 섬을 잇는 입항이었다.

누메아에서 동업하는 프랑스 상인 두 사람이 기선에 도움을 줄 수 있는 것이 없다고 했다. 무전기는 제대로 작동하지 않았다. 아무튼 몇 차례 시도 끝에, 아피아 송신소의 소리를 듣게 되어, 파리에 있는 친구 피에르 알바랑에게 전언을 보냈다. 내가 사고를 당

무아 마을 사람들이 알랭에게 내놓은 선물 바구니

해 피레크레를 다시 띄우기가 어렵게 되었는데, 혹시 태평양을 순항하는 통보함 '카시오페'가 발리스 제도를 들를 수 있을지 알아봐 달라고 했다. 그리고 이런 전송이 제대로 들렸을지 알 수 없어, 나는 그것을 녹음해 '페르방슈'에 남겼다. 누에마에 가서 다시 반복해 전송해달라고 부탁했다.

'페르방슈'는 낡았다. 철판은 벌겋게 녹이 슬었다. 운항 중에 최악의 기상에 시달린 데다 물도 많이 들어찼다. 이 증기선은 마타우의 상점들에 화물을 운반한다. 두 프랑스 사람은 누메아와 발리스를 연결할 방도를 강구 중이었다. 이 섬과, 특히 피지 제도에서 그것을 구하던 영국 상회의 코프라 상권을 빼앗으려고 했다. 그들은 원주민을 누벨칼레도니에서 일하도록 데려가려 했지만 허사였다.

'페르방슈'가 출항한 뒤 여드레째는 내가 섬에서 벌써 한 달 반을 지낸 날이었다. 그때 초호 안으로 기선이 들어왔다. 수바 섬으로 운항하는 반스 필립스 상사의 기선이었다.

갑판에 화덕과 철봉들이 있었다. 도노반 선장은 친절하게 자기네 기술자를 붙여주었다. 이 사람은 놋쇠를 입힌 낡은 목재 프로펠러 하나를 가져왔고, 내게 있던 낡은 볼트 두 개로 배가 머물던 잠깐 사이에 놋쇠 볼트 넷, 강철 볼트 세 개를 만들었다. 나는 '카시오페호' 선장이 내 전언을 듣고 한 답을 전해 들었는데, 거의 희망이 없었다. 결국 나는 나 혼자서 피레크레를 띄운다는 불가능한 일을 감행해볼 수밖에 별 도리가 없었다.

용골을 놓는 일부터 너무 어려웠다. 부두 쪽에 버티고 있는 암초 위에서 거룻배들의 도움으로 그것을 옮겨야 했다. 파도가 잔잔한 날에 밀물이 높을 때 피레크레를 띄우고 나서, 헤엄을 치며 용골 곁으로 바짝 붙여야 한다. 썰물 때 피레크레는 옆으로 자빠지는데, 그 널판 너머로 용골을 제자리까지 넘겨보려 했다. 이 작업에 원주민 50여 명이 힘을 썼다. 나는 아주 선량한 중국인 두 사람의 통역에 의지할 수밖에 없었다. 그런데 아시아 사람다운 자부심 때문에 그들은 내 조언을 눈곱만큼도 듣지 않으려 했다. 그래서 작업은 능률이 오르지 않았다. 납용골 구멍들을 용골을 지탱하는 나무용골 구멍들에 마주 꿰맞추기는 너무 힘들었다. 밀물이 들어와 피레크레를 들어올리기 전에, 물이 낮을 때에만 작업해야 했다. 첫 번째 시도는 실패했다. 별수 없이 배와 용골을 다른 곳으로 옮겼다. 마침내 세 번째 시도에서 성공했다. 볼트들을 납과 나무용골 속으로 끼워 넣을 수 있었다.

고생은 여기에서 끝이 아니었다. 새로 만든 볼트 몇 개가 먼저 것과 지름이 달랐다. 그래서 나무용골의 구멍을 더 넓혀야 했다. 하지만 이것은 내 지침대로 되지 않고 중국인의 이상한 방법으로 생각해낸 도구를 사용했다. 그런데 볼트를 끼워 맞추고 나서 밀물이 들어오자, 물이 볼트 사이로 흘러들면서 나무용골과 내용골 사이로 빠져나와 화물창으로 흘러들었다. 피레크레를 띄워두려면 온종일 펌프질을 해야 했다. 이런 상태로 출발할 수는 없었다. 이제 배를 다시 한 번 들어 올려 버텨놓아야 할 때, 용골의 무게까지 추가된 힘겨운 작업에 80여 명의 원주민이 도와주었다. 왕도 몸소 돛대 높이 흔들리는 도르래 끝에서 밧줄을 당겼다.

몹시 난처하고 곤혹스러웠다. 확실한 방법이 없지는 않았다. 납용골을 들어올리고, 나무용골 구멍들 속에 볼트들을 다시 집어넣기 전에 꼰 줄을 집어넣는 것이다. 그렇지만 나 혼자 할 수는 없었다. 용골을 제자리에 놓는 일은 극히 어려워 며칠이 걸리고, 사람도 60명은 있어야 했다. 그런 작업을 부탁하기가 거북했다. 원주민들은 이미 정부와 선교사들이 시키는 온갖 부역에 지쳐 있었다. 게다가 중국인도 고용할 수 없었다. 내가 못마땅해하던 그들의 방식에 따랐다가 물이 샜다. 그래도 그들은 자기들 생각을 고집하면서 자기네 실수에 분통을 터트렸다.

아무튼 나는 절대적으로 우애롭고 자발적인 마타우투 학교 청년들의 협조를 구할 수 있었다. 일주일 쉬고 나서, 타르를 칠한 톱밥 같은 대마 부스러기를 나무용골 구멍에 집어넣은 뒤에, 각 볼트를 하나씩 다시 끌어내었다가 재조립하는 일에 돌입하기로 했다. 그런데 바로 그날 아침, 나는 시커먼 연기를 뿜으면서 나타나는 프랑스 군함에 놀라 자빠질 뻔했다. 너무나 좋아 어쩔 줄 모를 지경이었다. 이제 항해를 계속할 수 있을 것이 분명해졌다. 그 배는 우리의 태평양 통보함 '카시오페호'였다. 이 배를 만나리라고는 꿈도 꾸지 못했다. 배는 초호를 건너 마타우투 앞바다에 정박했다.

　금세 바다로 내려온 초계정이 부두에 붙었다. 장교가 내게 다가왔다. 카시오페호 부함장 르모니에 해군 대위였다. 보라보라에서 그를 만난 적이 있었다. 통보함은 해군 장관의 명에 따라 파견되었다고 하면서, 누벨헤브리드에서 통보함을 기다리고 있어 단기간에 끝내야 한다며 즉시 내 배의 수리 작업에 착수하겠다고 했다. 나는 곧장 갑판으로 올라가 드쿠 함장에게 인사를 하고서 수리 문제를 의논했다. 그는 피레크레의 용골이 이미 제자리에 붙어 있다는 데에 놀랐다. 카시오페호는 지름이 큰 동봉(銅棒)들을 가져왔다. 그래서 둘레를 줄여야 할 텐데, 대단히 까다로운 작업이었다. 다행히 기록적으로 짧은 시간에 작업을 해낼 전문 기술자들이 있었다.

피레크레를 또다시 옆으로 눕혔다. 끼워 있던 볼트들을 하나씩 끄집어내고 새로운 것들로 교체했다. 꺼내 보니 구리나사들이 벌써 무쇠볼트를 깎아먹은 상태였다.

만약 카시오페호를 만나지 못하고 이런 상태로 출항했다면, 용골이 항로 중에 해체되었을 것이 빤했다. 피레크레는 전복되어 돛대를 옆으로 눕히고, 피지 제도까지 뗏목처럼 타고 가야 했을지도 모를 일이었다.

새 볼트를 끼워 맞추기는 쉽지 않았다. '밀물과 썰물 사이에 바다가 주춤대는 시간'에만 작업이 가능했다. 시간이 별로 없었다. 물속에서 작업하면서 무거운 망치질로 볼트들을 끼워 넣어야 했다. 작은 충격으로도 동봉들이 부러질 수 있었다. 그렇지만 대원들의 선의로 그 모든 난관을 이겨냈다. 함장과 장교들도 허리까지 빠지는 물속에 뛰어들어 도왔다. 종종 열대의 높은 파도가 세차게 우리를 두들겼다.

앞에서 말했다시피, 나는 마타우투의 청년들과 친했다. 나는 그들에게 프랑스와 그 사람들 이야기를 해주었다. 이곳 식민지 이주민과 다르다고. 원주민을 희생시켜가면서 부자가 되려는 이 사람들의 꿍꿍이와 다르다고.

나는 촌장들이 선물로 준 식량이 있었기에 이것으로 원주민식 만찬을 준비해 전함 장교들을 초대할 생각이었다. 내 어린 친구들이 이런 생각을 크게 반기면서 잔치 준비를 함께하겠다고 나섰다. 잔치는 대성공이었다. 함장과 장교들 모두 참석했다. 친구들이 준비한 식사는 진수성찬이었다. 불에 벌겋게 달군 돌에 얹은 산마와 또 타로토란을 한복판에 넣어 찜한 멋진 새끼돼지 요리, 야자 씨를 짠 즙에 익힌 생선! '앙트르메'와 '룰로이', '페케페케' 등 듣기에도 기분 좋은 이름의 후식에 이르기까지 모든 토속 음식이 줄줄이 이어졌다. 신선한 시금치로 싼 최상급 토란의 새순, 야자즙에 익힌 바나나, 빵에 과일을 넣어 구운 과자 등등….

식후에 흥미진진한 우베아 춤판이 벌어졌다. 춤꾼들은 청년들 가운데 나이 많은 축이었다. 황토색 분장을 칠하고, 꽃잎을 엮어 목에 걸고 화관을 썼다. 그들은 뛰어난 재능을 과시했다. 춤은 활가와 야성미가 넘쳤다.

나는 돗자리에 누워 원주민과 제복 장교를 나란히 바라보았다. 우리 동포인 해군 장교들을 즐겁고 명예롭게 대해주어 흐뭇해하는 원주민의 우정과 믿음 덕분에 행복했다.

나로서는 동포들과 함께 있어 말할 수 없이 즐거웠다. 게다가 우베아 사람들의 관대함과 선의를 알게 되어 더욱 좋았다. 춤이 끝났을 때, 나는 원주민 친구들의 세심한 배려를 다시 한 번 확인했다. 귀족으로 청년들의 우두머리인 아모시오는 이렇게 말했다.

"촌장들이 주었던 식량은 쓰지 않았어. 네가 필요할 테니까. 네 동포들에게 내놓은 것은 우리가 해결했어."

피레크레의 수리는 빨랐다. 사흘째 되던 날 밤, 강풍과 심한 열대 소나기 속에 밀리면서 마지막 볼트를 끼웠다. 다음날 새벽에 피레크레를 바다로 띄웠다. 암초 위로 지나가는 문제는 이미 해결되었다. 선원 10명이 돛대 위 가로내에서 용골의 무게 균형을 잡았다. 이제 배를 옆으로 누이자 물이 창틈으로 거의 다 들어찼다. 그러나 이런 자세에서도, 물은 1.2미터 정도밖에 차오르지 않기 때문에 쉽게 암초 위를 지나 이내 깊은 바다 위로 떠올랐다.

바닥짐을 다시 갑판에 올리고 나서, 카시오페는 멀어졌다. 프랑스 해군이 나를 도와주러 왔던 선의는 잊기 어려운 추억이다. 그렇게 해군은 추억만 남기고 떠났다.

나는 본격적으로 항해하기 전에 모든 장비를 원위치에 정리했다. 이제 다시 닻을 올릴 때까지 3주일은 있어야 할 테니까. 그 사이에 나는 원주민들과 더 많은 시간을 가질 수 있었다. '카시오페'가 찾아온 것은 내 체면을 크게 세워주었다. 섬마을마다 나를 위한 잔치가 여러 번 열렸다.

바다의 모험을 기록하려 했기에, 그 모든 이야기를 여기에서 다 할 수 없어 유감이지만, 발리스 섬의 환대는 내 항해 중에 그 어떤 곳보다 최고였다. 원주민은 자기 섬에 남아 촌장이 되어달라는 명예로운 제안도 했다. 물론 받아들일 수 없었지만, 이런 제안은 이 섬과 나를 한마음으로 이어주었다. 또 원주민의 정당한 요구를 지지하고 그들의 어려움을 도울 수 있도록, 내 항해가 성공적인 영향력을 발휘하도록 해야겠다고 다짐했다.

이렇게 진심으로 어울렸던 나라를 멀리 떠나는 슬픔과 내게 닥친 작별의 아쉬움을 어떻게 다 설명할까. 아무튼 바다가 여전히 기다리고 있었다. 나는 그 부름을 거역할 수 없었다.

원주민 청소년 축구단과 함께(위, 알랭은 앞줄 한가운데)
우베아 섬의 가톨릭 선교사와 행사를 마치고(아래, 뒷줄 가운데 서 있는 알랭)

우베아 소년들이 가장 좋아하는 놀이

4

귀로에서

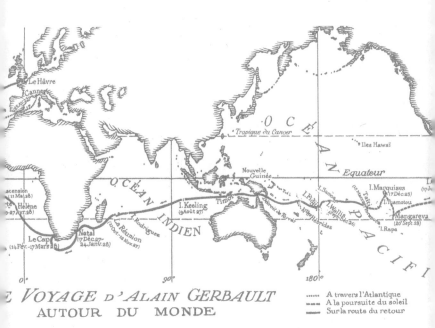

LE VOYAGE D'ALAIN GERBAULT
AUTOUR DU MONDE

...... A travers l'Atlantique
A la poursuite du soleil
Sur la route du retour

12월 9일, 섬에서 넉 달을 보내고 나서, 나는 닻을 올리고 남쪽에서 불어오는 부드러운 바람에 맞서 뱃전을 끌면서, 초호를 건너 썰물을 타고 좁은 해협을 빠져나갔다. 초호 밖에서 파도가 거칠게 넘실대었고, 편서풍이 동쪽에서 시원하게 불어왔다. 굵은 물줄기가 갑판에 계속 떨어졌다. 돛을 줄이고 세 개의 작은 삼각돛을 편 채 가벼운 물살에 실려, 피레크레는 키 손잡이를 밧줄로 묶은 상태로 증기선만큼이나 곧게 항로를 따라갔다.

12월 13일, 300마일 넘게 달린 끝에 북쪽 끝으로 수많은 섬들이 가까이 나타났다. 피지 군도였다. 해도상에서 이 군도는 위험한 산호 암초와 뒤엉킨 섬들이 득실댄다. 북쪽은 링골드 제도, 남쪽은 엑스플로링 제도다. 이 두 제도 사이로 북동 해협이 뚫려 있는데, 나누쿠 해협이라고도 한다. 제일 넓은 곳의 폭이 15마일에 불과하고, 바일랑길랄라의 환초 위에 서 있는 등대가 그 길을 가리키고 있다.

비가 내렸고, 안개가 짙어 시계가 몹시 나빴다. 관찰과 직감에 따른 믿음에도 안심하기 어려웠다. 조그만 실수에도 위험한 나누쿠 암초에 걸릴 것이다. 이곳에서 잭 런던[15]은 선장의 실수로 '스타크호'를 잃고 말았다. 바로 이곳에서 부유한 펨브로크 경도 나처럼 취미 삼아 여행하다가, 호화 요트 '알바트로스호'를 잃었다.

마침내 날이 개면서 등댓불이 좌현으로 해협 뒤쪽에서 깜빡였다. 길을 제대로 들어선 것이다. 나는 닻을 고정시켰다. 이제 삼각돛을 펼치고 힘차게 남남동쪽의 갑(岬)을 피해 돌아, 무인지경을 순항하면서 밤새 나이탐바와 야타타 제도를 지났다. 코로 해로 접어들자 바다는 더욱 잔잔했다. 난바다의 높은 파도가 수많은 산호섬에 걸려 잦아들었기 때문이다.

그 이튿날 12일 일요일, 내게는 시차 때문에 14일 화요일 오전 10시에, 나는 그리니치 자오선을 넘어 달력에서 하루를 건너뛰어, 동쪽 시간에 따르는 피지 제도의 시간을 따랐다.

---

15 1876~1916. 미국 문인, 알랭의 우상이었다. 잭 런던은 대한제국 시대에 제물포를 거쳐 우리 땅을 방문해 그 기록을 남겼다. 현대 기록문학의 주목할 작가.

코로 해상의 섬들이 눈길을 끌었다. 들러보고 싶었지만, 배를 점검하러 제도의 개화한 수도 수바로 향했다.

12월 15일, 안개 속에 비티 레부 섬[16]이 보여 수바의 인상적인 좁은 해협으로 접어들었다. 산호초 사이에서 바다가 으르렁대고 있었다. 나는 초호 안쪽으로 물살과 꽤 부드러운 바람을 거스르며 지그재그로 나아갔다. 부두의 관리가 '란치'를 타고 와 내 배를 정박장까지 끌어주었다. 그곳에 닻을 내렸을 때는 밤이었다.

배를 댄 곳은 높은 봉우리들로 둘러싸인 경이로운 정박장이라 매우 조용했다. 닷새 동안 피레크레는 파도와 물보라에 시달려왔지만, 이런 것이 오히려 항해에서는 최상의 수단이다.

이튿날부터 나는 작업에 돌입했다. 배를 땅으로 끌어올리려고 정부의 선박수리소를 찾았다. 돛대 밑에 납용골을 지탱한 열 번째 청동볼트가 불안했다. 안을 덧댄 수많은 구리 피복판도 교체해야 했다. 특히 선실 안을 수리해야 했다. 피레크레가 암초에 자빠졌을

---

16 Viti Levu, 피지 제도에서 가장 '큰 비티'라는 이름이다. 레바논의 면적과 비슷한데, 태평양에서 하와이, 누벨칼레도니 다음으로 세 번째로 큰 섬이다.

때, 바닷물이 배의 겉판과 안쪽의 이중벽 사이로 흘러들었다. 그래서 심하게 물에 젖어버렸다. 완전히 건조하고 긁고 다시 유약을 입혀야 했다.

우선 선실 바닥짐을 모두 밖으로 들어내는 일부터 시작했다. 대부분이 녹슨 쇠붙이라 습기가 심했다. 거기에 사모아나 발리스에서 배에 올라온 쥐 한 마리가 튀어나왔다. 쇠붙이에 납작해져 있었다.

영국 관리는 피레크레를 경사로 위로 끌어올리도록 했고, 요금 25파운드를 5파운드로 깎아주었다. 이렇게 작은 피레크레가 처음으로 2,000톤에 100미터 길이의 증기선이 사용하는 선거(船渠)를 사용했다. 맨 끝의 청동볼트를 갈아 끼웠고, 여러 구리 피복판도 덧대었다. 선실 바닥에 까는 납덩이는 건졌다. 접착제에 담가두었기 때문에 선거에서 매우 청결하게 보존할 수 있었다.

수리비 계산은 개인 회사에 가서 했다. 그리고 필요한 것이 있을 때마다 선창의 기술 책임자 세이번 씨를 찾았다. 점잖고 매우 고분고분한 사람이었다.

피지 원주민 한 사람의 도움으로 피레크레의 선실 페인트를 완전히 긁어내고 나서, 다시 페인트칠을 하고 광택제를 발랐다. 큰 돛의 범포(帆布)도 교환했고, 삼각돛을 하나 새로 제작했다.

이 모든 작업을 하느라고 수바에 몇 개월을 머물렀다. 유쾌한 체류였다. 이곳에서 콜딩 소령을 만났다. 나는 1913년 파리 테니스 클럽에서 이 신사와 함께 테니스를 즐기곤 했다. 그는 당시 프랑스 테니스 실내 코트 챔피언이던 여성과 신혼 시절이었다. 우리는 함께 총독 에이어 허츤 경이 구경하는 가운데 테니스 경기를 했다.

수바에는 훌륭한 운동장들이 있다. 빼어난 테니스 야외 경기장도 10여 곳이나 있고, 크리켓과 축구 경기장의 잔디는 정말 훌륭하다. 동태평양의 프랑스 수도와 비교하지 않을 수 없었다. 우리 당국의 스포츠 정신, 차라리 비(非)스포츠 정신이 프랑스에서는 전쟁 10년 전에 유행했다.

피지 사람은 멜라네시아 흑인과 폴리네시아 사람의 혼혈인데, 몸매가 훌륭하다. 늘씬한 체격에 당당한 몸통과 기다란 곱슬머리는 술 달린 모자를 쓴 영국 척탄병을 닮았다. 쾌활하고 평온한 성격이다. 물론 뛰어난 뱃사람이다. 만약 내가 앞으로 항해할 때 선원들이 필요하다면, 피지 섬사람보다 더 나은 사람을 찾기 어려울 것이다.

수바 섬은 이미 동양의 모습이다. 수많은 인도 상인과 재단사, 중국 세탁소와 식당이 있다. 힌두교도와 피지 사람만큼 큰 대조를 보이기도 힘들지 않을까. 힌두교도는 키가 작고, 여자들은 패물과 보석을 좋아한다. 그런데 피지 사람은 크고 튼튼하며, 부에 무심하고 재미있게 즐기며 산다.

어느 날, 요크 공작 부처의 깃발을 앞세운 순양함 '리나운'이 옛 방식으로 짠 거적 돛을 단 원주민의 수많은 통나무배를 앞세우고 수바 정박지로 들어왔다. 인간의 최신 발명품인 거대하고 파괴적인 괴물과, 안티포드 제도로 끌려온 내 작은 피레크레의 대조는 정말이지 굉장했다. 누구의 운명과도 바꿀 수 없을 내 운명을 생각하게 된다. 하지만 '리나운'의 제왕 같은 주인보다 조그마한 피레크레의 내가 더 자유롭지 않을까?

또 다른 3만 톤짜리 거함 '프랑코니아'도 수바에 정박했다. 수많은 미국 관광객이 승선했다. 수천 달러를 들여 4개월 동안 세계 일주를 하는 것에 흐뭇해하는 사람들이다. 나는 피레크레를 타고 천천히 항해하면서 마음 내키는 대로 정박지를 찾아드니 얼마나 좋은가. 피하지도 못할 승객들과 함께 '주문 제작한 원주민 춤'을 보면서, 미리 정해진 프로그램에 따르는 단조로운 항해에 비하면!

'프랑코니아'의 승객들이 거부라는 과장된 말이 있었다. 그들에게 물어보니 틀린 말이다.

"전혀 그렇잖아요, 백만장자들은 세계일주를 할 때 개인 요트를 타거든요."

나는 피지 군도에서 석탄을 실은 '카시오페호'를 다시 보았다. 우연한 세 번째 만남이다. 함장과 선원들 일부는 새로 바뀌었다. 하지만 프랑스 해군에 둘러싸이는 것은 늘 즐거운 일이다.

나는 토미 혼의 시골집을 찾아가 기막힌 산책을 하는 추억도 남겼다. 그의 시골집은 레바 강가 골짜기에 있다. 아무튼 내가 가고 싶었던 곳은 음바우 섬으로, 그곳에 사는 피지의 대족장 라투 포피의 초대에 응해, 문명에서 가장 먼 섬들을 찾고 싶었다.

그러나 피레크레는 이미 떠날 채비를 끝냈다. 여름의 남풍이 불 때 희망봉에 닿으려면, 지체할 시간이 없었다. 그런데 떠나기 전에 나로서는 중요한 사냥을 해야 했다. 사실, 지난번 항해에서 바닥짐에 깔려 있던 쥐는 한 마리가 아니었다. 놈은 밤마다 짝꿍과 함께 먹을 것이 없으니, 피레크레의 판자를 쏘는 소리를 냈다.

이렇게 갉아 먹히면 바닷물이 새어 들어오거나 물통이 파손될 것이다. 여러 번 허탕을 친 끝에 결국 고구마와 함정으로 놈들을 잡았다. 털이 길게 난 멋진 놈과, 또 피지 섬에서 보지 못한 놈이었다. 앞으로 더는 갉아 먹히는 소리로 고생하지 않게 되었지만, 바퀴벌레들은 여전히 나를 귀찮게 굴겠지!

3월 11일 금요일 아침, 부두를 빠져나왔다. 내게 정답게 대해준 여러 선박 수리꾼들에게 작별을 고했다.

내가 수로에 잠시 멈춘 동안, 모터를 단 원주민의 돛배가 항상 그렇듯 예인을 사양했는데도 달려 나왔다. 조금 뒤, 미풍이 불어 초호를 빠져나올 수 있었다. 저녁과 밤에는 잔잔하기만 했다. 이튿날 아침, 해가 뜨자 음벵가 섬이 5마일 앞에 떠 있었다. 그곳에 들를 수 없어 너무 아쉬웠다. 그곳 원주민들 가운데 '불 위를 걷는 사람'들이 산다는데… 그들은 이글거리는 숯불로 가열한 자갈돌 위로 무사히 걷는 비밀을 간직하고 있다고 했다.

큰 행사가 있을 때 이들이 시범을 보여, 폴리네시아와 힌두인 사이에 알려진 그 능력이 학자들을 크게 놀라게 했다. 하지만 교묘하게 위장된 환상일 것이다. 나는 이런 추측을 정확히 증명해보고 싶다.

편서풍은 아직 확실하게 불지 않았다. 남반부는 여름이기 때문이다. 바람이 가벼워 항로를 멀리 나가지 못했다.

3월 12일 아침, 경적 소리에 깨었다. 호주에서 온 기선 '수바'였다. 피레크레로 접근하면서 그 승객들이 호기심 어린 눈으로 바라보았다.

항로는 순탄했다. 나는 테리오테라이에서 타히티 촌장이 준 자개낚시로 가다랑어들을 잡으면서 한가한 때를 보냈다.

3월 23일, 남서쪽 70마일 지점에서 에로망고 섬이 나타났다. 부갱빌[17]이 에게 해의 시클라데스, 스코틀랜드의 헤브리디스 제도처럼 수많은 꿈같은 섬과 비슷하게 보았던 곳이다.

그 다음날, 바테 섬이 보였다. 나는 밤에 팡고 등대 불빛 아래에서 새벽을 맞았다. 팡고 등대는 미개간지 한복판의 곳에 서 있었다. 이제 이곳은 더는 폴리네시아가 아니라, 멜라네시아로 들어서는 초입의 섬들이자, 그 원주민들이 사는 곳이다. 나는 곳을 지나멜레 만으로 들어서다가, 포르 빌라 수로에서 돌풍을 만나 지그재그로 흔들리면서 완전하게 해안으로 밀렸다. 그사이에 이니리키 섬과 빌라 섬 등 황홀한 섬들 사이를 지났다. 프랑스 사람들을 잔

---

17 Louis-Antoine de Bougainville, 1729~1811. 프랑스 선단을 이끌고 1769년 최초의 세계 일주 항해를 성공적으로 마치고 여행기를 남긴 해군 선장. 프랑스 최고의 탐험가로 꼽힌다.

뜩 실은 보트가 내게 다가와 내 길을 따라왔다.

3월 25일 오전 10시, 나는 포르 빌라[18]의 선창에 밧줄을 걸었다.

항도는 산기슭에 들어앉아 있었다. 최소한의 예술적 감각도 없이 꼴불견인 함석지붕들이 이어져 있다. 나는 이곳에서 많은 동포를 만났다. 섬들에는 사실상 영국과 프랑스 두 정부가 함께 들어서 있었다. 콘도미니엄이 있었다. 각자 자기네 나라의 일을 보았고, 분쟁은 에스파냐 판사가 주재하는 희한한 국제법원이 맡았다. 실용성도 없는 이런 교묘한 통치 방법을 이곳에서는 '판데모니움'이라고 한다.

나는 포르 빌라에서 여러 프랑스 공무원을 만났다. 도착한 그 다음 날에 말을 타고 산책하던 길에, 사람들은 섬의 빼어난 풍요로움에 감탄할 만한 곳으로 안내했다.

나는 태평양의 프랑스 공화국 총독 기용 씨의 초청 전문을 받았다. 그는 나를 누메아로 초대했다. 그러나 유감스럽게도 내 일정을 수정하기 어려웠다.

---

18 바누아투 공화국. 오세아니아의 섬나라로, 수도는 포트빌라. 세계 행복지수 1위에 오르기도 해 유명하다.

부두 곁 바닷가에 클럽이 있었다. 현지 영국과 프랑스 사람들이 모여 흥미로운 대화를 나누고 있었다. 네오헤브리데 사람들이 농장에 강제로 고용한 '흑인 사냥'을 알고 있었다. 이 제도는 과거에 너무 많이 남용되었는데, 이제는 엄격하게 통제, 조정되고 있다.

나는 거기에서 여러 차례 백인이 열대지방에서 생활하는 이상한 방식을 보았다. 과음하고, 유럽식 복장에, 식민지 투구를 썼다. 이것은 열대의 일광에 쓸데없는 엉뚱한 보호장구일 뿐이다. 그래서 건강한 사람은 드물고, 신체적으로 큰 힘을 쓰지도 못했다. 원주민의 수천 년 묵은 전통에 따라 자연과 더불어 생활해야 힘차고 건강하게 살 수 있는데!

항구 입구에 매력적인 섬이 하나 있다. 나는 어느 날 튜브를 타고 그곳을 찾았다. 산호 해변으로 다가가자 도망치던 발가벗은 카나크족 어린이들이 내 움직임을 살피면서 산책하는 나를 따라다녔다. 나무들에 가린, 예술적인 멋은 없이 그저 네모진 오두막 앞에서, 원주민들은 폴리네시아 요리와 다를 바 없는 음식을 조리하고 있었다. 그들은 내가 자기네 말을 얼마간 알아듣는 데에 놀랐다. 이들의 언어는 발리스, 통가 섬의 언어와 비슷하다. 사실 큰 바트 섬 주변의 작은 섬들에는 예전에 내가 발리스와 통가 섬에서 만난 폴리네시아 사람들이 이주해왔을 것이다. 이주민들은 큰 섬의 멜라네시아 흑인들에게 승전하고, 승자들이 여자들과 접하면서 현재의 주민이 되었을 것이다. 그래서 상당수는 완전히 전형적인 폴리네시아 인물이다.

정말이지 잘생긴 벌거벗은 아이들이 새 잡는 활을 쏘고 있었다. 화살 끝에 둥근 촉을 달았다. 나는 이 고장 사람들이 모인 큰 오두막에 들어갔다. 높은 오두막 입구는 커다란 황소뿔을 올린 넓은 입구로 트여 있었다. 뒤쪽으로 들어서며 좁아졌다. 실내에 몇 자리가 마련되었고, 움푹한 나무로 깎은 기다란 북은 신비스런 야만 의식을 치를 때나 원주민을 불러 모을 때 쓰는 모양이었다. 그 북을 두드려 보니 귀가 멍할 정도로 우렁차고 이상한 소리가 났다.

포르 빌라 항에는 누메아의 수많은 상선들이 드나들었다. 주로 로열티 제도 출신 선원들인데, 체격이 당당하고 피부가 매끄럽고 단단하며 붉은 구릿빛이 돈다. 단순하게 허리에 두른 반바지 비스름한 토속 복장을 한 이 사람들은 얼굴과 몸에 붉은 선을 그려 넣기 좋아한다. 나는 종종 누메아의 상선에 올라가기도 했다. 선장은 브르타뉴 사람이다. 그는 나를 알기 전에는 내 항해 사실을 인정하지 않았었지만, 나를 만나고 나서부터 잘 대해주었다.

나는 포르 빌라에 단 며칠 머물렀다. 그러고 나서 멜레 만 깊숙이 들어선 멜레 섬으로 배를 몰았다. 그곳에서 조용히 쉬고 싶었다. 가장 넓은 곳이 200미터도 안 되게 줄어든 작은 산호초에서, 대륙의 사나운 야만인인 유럽인으로부터 자신을 지켜낸 500여 원주민이 오밀조밀 모여 살았다. 만의 깊숙한 곳의 식물은 경이로웠고 훌륭한 야자 농장이 있었다.

내가 섬으로 다가갈 때 바람이 차분히 가라앉았다. 좁고 불안한 통나무배들을 몰고 많은 어린이들이 섬과 해안 사이로 나를 정박시키려고 예인하러 왔다. 물은 정말 무섭도록 투명했다.

멜레 섬은 흥미롭기 그지없다. 이곳에는 폴리네시아와 멜라네시아 사람들의 혼혈로 대단히 잘생긴 빌라 사람들이 많이 살고 있다. 내가 상륙했을 때, 아이들은 크리켓 놀이에 열중하고 있었다. 그들이 제일 즐기는 스포츠인 듯했다. 그들은 물에서 고기잡이를 하거나 날렵하고 작은 통나무배로 파도타기를 즐기며 시간을 보냈다. 나는 그렇게 많은 배들이 정박해 있는 것을 본 적이 없었다. 나는 섬 주민 각자 자기 키에 맞게 길고 좁게 통나무를 판 이런 멋진 배, '피로그'를 만든다고 생각한다. 통나무 한 덩어리를 통째로 파낸 것이다. 뒤집히지도 않고 능숙하게 탄다.

모리스비 항에 정박한 파푸아뉴기니의 전통 쌍돛배 '라카토이'

때때로 원주민들이 넓은 터로 나아가 자기네 농장에서 마와 고구마를 잔뜩 싣고 돌아오곤 했다. 하지만 그들이 생계를 위해 일하는 시간은 일주일에 대여섯 시간에 불과하다. 이 섬들은 놀랄 만큼 비옥하다. 아직도 백인 문명으로부터 생필품을 공급받지 않는 행복한 민족이다.

피레크레가 정박한 해안 맞은편에, 내가 포르 빌라에서 알게 된 프랑스 농장주가 살았다. 그는 나를 말에 태워 자기 농장을 구경시켜 주었다. 그 땅은 무척 기름졌다. 옥수수를 이모작하고 이삭은 기적처럼 높이 자란다. 네오헤브리데 원주민들이 농장에 고용되어 일하지만, 일손의 대부분은 인도차이나 사람들이다. 여기에 베트남 주민촌도 있어 흥미롭다. 이 사람들은 멜라네시아 흑인들과 다르게 아주 작다. 하시시를 씹으며 철학적인 태도로 살았다.

사실상 흑인 강제 징발은 금지되었다. 따라서 멜라네시아 사람의 노동력은 사라졌다. 프랑스 농장주들은 정부에서 수입한 인도차이나 노동자를 고용했다. 그러나 영국인은 일손이 없어, 농장 대부분을 포기하고 프랑스 대조합들에 매각했다.

산책을 끝내고 돌아오는 길에, 농장주는 길가 오두막의 네오헤브리데 노동자들을 보여주었다. 입구도 찾지 못하고 몇 미터를 지나쳐버릴 만큼 짙은 수풀 속에 깊숙이 숨은 텃밭이 딸린, 정말 야생의 오두막이었다.

　나는 멜레에 잠시 머물면서 뭍에 거의 올라가지 않았다. 아이들이 피레크레로 자주 몰려왔지만 원주민 어른들은 거의 무심했고, 내가 다가가면 집으로 들어가 버렸다. 폴리네시아 사람들이 이방인에게 개방적이며 호의를 보이는 것과는 크게 달랐다. 떠나기 전 마지막 일요일에 섬에 올라갔을 때, 설명을 듣게 되었다. 섬의 촌장으로, 영국 선교사와 일하는 전도사가 내게 점심을 내면서, 새 종교가 너무 엄하고 두려워 그들의 생활에 짙은 그림자를 드리웠다고 했다. 과거의 관습에 대해서는 거의 알 수 없었다. 촌장은 신참자의 열의에 넘쳐, 이교도 시대의 것이라면 무조건 모든 것을 끔찍하게 혐오했다. 그는 새 축음기로 찬송가를 틀었다. 그때 사람들이 피레크레가 닻이 끊어져 만 깊숙이 떠내려가고 있다고 알려주었다. 나는 황급히 튜브에 뛰어올라 쫓아갔다. 다행히 배가 침몰하기 직전에 돛을 높일 수 있는 시간에 맞추어 도착했지만, 일요일이라 원주민의 도움을 전혀 받지 못할 뻔했다. 기독교는 주일에 쪽배를 띄우지 못하게 했기 때문이다. 도움을 주기 위해서라도 그렇게 해서는 안 되었다.

　나는 가벼운 바람을 타고 배를 몰아 작은 섬과 큰 섬 사이에서 포르 빌라로 진입하려고 크게 뱃전을 끄는 멋진 쌍돛대가 붙은 범선 한 대를 보았다. 처음 보는 것이었기에 첫눈에 알아보았다. 바로 '스타크호'였다. 1907년에 그토록 멋진 항해를 했던, 내가 가장 좋아하는 잭 런던의 배였다. 과거에는 혹평받았지만 그래도 훌륭하고 늠름한 배인데, 지금은 누벨칼레도니와 누벨헤브리드 사이를 자주 왕래했다. 이제는 이 지역을 항해하는 선원들이 너도나도 칭송하는 배가 되었다.

　며칠 뒤 4월 12일 정오, 나는 누벨기네를 향해 출항했다. 농장주가 땅에서 우정의 이별을 알리는 폭죽을 떠트렸다.

5
산호초 사이로

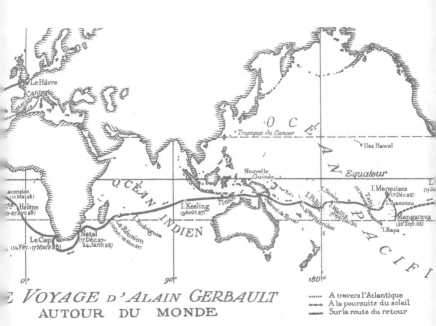

Le Hâvre
Cannes

Tropique du Cancer

OCÉAN

Iles Hawaï

Nouvelle Guinée

Equateur

ascension
(11 Mai 28)
Hélène
(9-27 Avr. 28)

OCÉAN
INDIEN

I. Keeling
(9 Août 27)

Timor

I. Rodrigues

La Réunion
(24 Oct.-19 Nov. 27)

I. Fidji

I. Samoa

I. Marquises
(17 Déc. 25)

I.

I. Tuamotou

Tahiti

N

I.

Wallis

N. Hébrides

Mangareva
(20 Sept. 25)

Le Cap
(14 Fév.-17 Mars 28)

Natal
(17 Déc. 27-
24 Janv. 28)

I. Rapa

PACIFI

0°

90°

180°

LE VOYAGE D'ALAIN GERBAULT
AUTOUR DU MONDE

..... A travers l'Atlantique
−−− A la poursuite du soleil
——— Sur la route du retour

멜레 만을 나올 때 편서풍은 그렇게 신통치 않았다. 나는 계속해서 거의 아흐레를 조용히 물 위를 떠다니며 기다렸다. 그러던 4월 16일, 피레크레가 재앙을 면치 못했다. 이날 선교에서 바닷물을 내려다보니, 거대한 물고기 지느러미가 내 배쪽으로 엄청난 속도로 돌진했다가 선체 밑으로 사라졌다. 이렇게 두 번을 되풀이하더니 세 번째로 거대한 황새치가 피레크레 뒤쪽에서 수면을 박차고 어마어마한 높이로 솟구쳐 올랐다. 뱃사람들에게 이와 비슷한 사례를 종종 들었지만, 그놈이 내 배를 몰아낸 셈이라면, 대단히 먼 물길을 따라온 것이다.

4월 22일. 큰 파도가 다시 넘실대었다. 수많은 잠수조(潛水鳥)와 바다제비들이 자주 밧줄에 올라앉았다. 바람은 돌풍을 가르면서 남동쪽에서 시원하게 불었다. 그러나 4월인데 뜻밖에 바람이 꾸준히 늘어나고 비가 억수로 쏟아지면서 바다가 몹시 험악해졌다. 모든 징후로 미루어 호주 연안 쪽에서 태풍이 이동하는 모양이었다. 나는 영국 소설가 조셉 콘라드의 『태풍』이라는 유명한 소설보다 더욱 과학적으로, 가능한 항로와 또 압박받는 중심의 위치를 찾아보았다. 그러고 나서, 우선 뱃전의 삼각돛 아래 납작하게 엎드려 멀리 빠져나갈 길을 잡았다. 길을 바꾼 뒤 12시간쯤 지났을 때 태풍이 가라앉고 편서풍이 다시 불었다. 이런 운행 덕에 나는 숨 막히게 무서운 난파를 잽싸게 피했다. 그렇게 누벨기네에 도착하고서야, 실제로 이날 내가 있던 곳에서 200마일쯤 되는 곳으로 태풍이 지나갔다는 사실을 알았다. 태풍은 호주 해안에 심각한 피해를 입혔다.

순풍이 다시 불었고, 산호해에서 물줄기는 지도의 표시와 다르게 끊임없이 남서쪽으로 흘렀다.

4월 29일, 세차게 출렁거리는 소리가 수심측량기가 없어 후회하게 할 얕은 여울이 나타났음을 알렸다.

5월 5일, 100마일 앞에서 누벨기네의 높은 산봉우리가 보였다. 뱃길에는 만의 깊은 곳으로 흘러드는 해류에 실려 온갖 오물이 떠다녔다. 계기 한 대가 오작동하다가 결국 완전히 멈췄다.

며칠 조용하던 끝에 '포르 모르즈비'[19] 항 입구에 불빛이 보였다. 새벽에 여전히 조용히 물 위에 떠 있었다. 5마일 앞에서 기선한 척이 이상하게 꿈쩍도 않고 있었다. 그러나 바람이 다시 불 때 보니 그것은 연안의 큰 암초에 걸린 난파선이었다.

나는 바실리스크 해협에서 낯선 함정 한 척을 피해 초호 안쪽으로 들어갔다. 커다란 갑판 하나를 이은 길쭉한 통나무 배 세 척이 길을 막았다. 배 위에 원주민 40여 명이 타고 있었다. 그 배는 이상하게 생긴 삼각돛을 두 개 올렸는데, 윗부분은 마치 초승달처럼 깊고 움푹했다. 그런데 더욱 놀라운 것은 파푸아 사람들이 '라카토이'라고 부르는 그 돛의 속력이다. 피레크레는 초호의 잔물결

---

19   영어로 포트 모스비(Port Moresby)라고 한다. 파푸아 뉴기니의 수도. 세계에서 가장 강력범죄율이 높은 위험 도시도 꼽힌다. 1873년 영국 해군 존 모레스비 대위가 서양인으로 첫발을 디뎠다.

위로 미끄러져 거의 6노트의 창피한 속도로 멀리까지 밀려났다.

보기로호보비, 엘라쿠루쿠루 곶을 지나, 포르 모르스비 선창에서 멀지 않은 곳의 상선 뒤에 정박했다. 포르 빌라를 떠난 지 28일 만이다. 5월 10일, 16시 30분이었다.

유럽식 도시가 삭막하고 무미건조한 만 속에 들어앉아 있었다. 주로 상점이다. 미국인 요트 애호가 한 사람이 내 갑판으로 찾아와 자기 배로 저녁 초대를 했을 때는 벌써 꽤나 늦은 시간이었다. 4주 간을 외롭게 보내고 나서, 사회를 다시 찾고, 요트의 잡지에서 미국 친구들 소식을 알 수 있다는 것은 절대로 불쾌할 리 없었다. 그렇지만 어쩔꼬! 이미 상당한 문명이다. 저녁은 내게 과분했다. 내 뒤에 놓인 도구가 역겹고 선정적인 소음을 냈기 때문인데, 좋게 들어 넘길 수 없었다. 라디오의 굉음도 분위기를 완전히 잡쳤다.

포르 모르즈비에서 호주인 사회의 환대는 극진했다. 나는 종종 테니스를 즐겼다. 보기 좋은 별장들이 자리 잡은 해변의 멋진 대로 곁에 부갱빌리아 꽃으로 화단을 두르고, 아름다운 울타리 속에 땅을 다져 만든 코트는 훌륭했다. 테니스 코트는 프랑스 최상급과 마찬가지였다. 나는 운동장이 없는 오세아니아의 우리 영토를 비교하며 투덜델 수밖에 없었다.

나는 종종 대단한 테니스 애호가, 하스 박사와 '브릿지'라는 카드놀이를 즐겼다. 박사는 호주에서 테니스의 큰 별, 와일딩과 브룩스가 겨루는 데이비스컵 대회를 빠짐없이 즐겼다. 우리는 당시 테니스의 상당한 위력과 오늘날을 비교하며 토론했다. 그 두 호주 챔피언이 요즘 최상급 선수들과 다름없는 재능을 지녔다는 데 같은 의견이었다.

섭섭하게도 호주에 없던 남태평양의 영국 문인 베아트리스 그림쇼[20]의 동생 오스본 그림쇼가 저녁에 초대해주었다. 그는 인골(人骨)을 끝에 붙인 멋진 투창을 내게 선물했다.

영국령 누벨기네 총독 허버트 머레이 경의 점심 초대도 받았다. 머레이 경은 특출한 인물이었다. 최상급 아마추어들이 직업 선수만큼 뛰어나던 시절에 호주 아마추어 복싱 챔피언에 오르기도 했고, 20년간 파푸아령을 통치하고 있다. 그는 수차례 탐험에 참가했으며, 원주민의 방언을 깊이 연구했다. 그와 나눈 대화는 매우 흥미로웠다. 특히 내가 끌렸던 원주민 종족의 여러 행정 문제를 화제로 삼을 때 그랬다. 머레이 경은 백인 문명을 급하게 채택하는

---

20 1870~1953. 영국령 누벨기네, 즉 뉴기니아의 작가. 뉴기니아 총독을 지낸 허버트 머레이 경과 절친했다.

데에서, 원주민이 당면한 현실적 위험을 인정했다. 또 그들이 특히 음식과 의복 등 가능한 한 옛 풍습의 장점을 지킬 수 있도록 노력했다. 그뿐만 아니라 무엇보다도 이 부족의 미래에 초래될 결과를 아랑곳하지 않고 눈앞의 이익만 추구하는 상업적 착취로부터 그들을 보호하려고 노력했다.

마침내 나는 그 앞에서 내 생각을 피력하고, 그것을 이해하고 무모한 공상으로 취급하지 않는 통치자를 만났다. 원주민 종족을 보호하고 방어하는 것을 행정의 막중한 대사라 생각하던 주목할 만한 인물과 만났던 일은 파푸아 체류 중 가장 멋진 추억이다. 그렇지만 동폴리네시아의 내가 살던 섬사람들을 생각하다 보니 너무 우울했다. 백인 문명에 그토록 고통받는 사람들 아닌가. 그곳에서도 우리가 정말로 바라기만 한다면, 지금 사라져가는 훌륭한 종족을 구하고 보존할 수 있을 것이다.

시내에서 총독 저택까지 언덕 중턱 길을 따라갔다. 그곳에서 찬란한 모르즈비 항의 정박장이 내려다보인다. 더 멀리, 저택 아래쪽이 내가 찾아가는 하누아바다 타노바다라는 원주민 마을이다. 마을 초입 비탈에서 발가벗은 아이들이 미끄럼놀이를 하고 있었다. 인구가 매우 조밀한 마을들은 모투족[21]이 말뚝을 박은 위에 건설되었다. 사람을 사냥하는 종족들을 쉽게 막기 위해서였다. 마을 동구 밖에 채색 조각된 거대한 기둥 네 개가 서 있어, 주술 의식과 토템이 살아 있는 누벨기네에 와 있는 기분이 들었다. 엘레바라 촌은 밀물이 높을 때 땅과 이어지는 섬 위에 조성되었다. 이 고장의 자연은 쾌적해 보인다. 사람들은 모두 긴 곱슬머리를 머리 위로 모자처럼 틀어 올렸다. 남자들은 소박한 파뉴를 둘렀고, 여자들은 허리춤에 나무껍질을 엮은 치마를 걸쳤다.

처녀들과 소녀들은 멜라네시아 여성들이 그렇듯 힘든 일로 아직 몸이 상하지는 않았다. 그래서 매우 우아했다. 처녀들은 팔목과 머리에 꽃을 두르고, 얼굴과 등에 가까이가 아니면 알아보기 어려운 섬세한 예술적 문신을 새겼다.

옷을 별로 걸치지 않았지만, 마을의 도덕은 유럽 복장을 한 원주민들이 사는 더 동쪽 태평양 섬들보다 훌륭한 듯했다. 도덕이라는 것이 옷이라는 겉모습과 반대라는 것이 법칙 같았는데, 이 여행에서 그것이 옳다는 믿음이 생겼다.

---

21 Motuans, 파푸아 뉴기니의 남부 연안 민족이다. 피부색이 엷은 편이고 미크로네시아 민족들과 비슷한 문신을 새긴다.

종족은 아주 다양하다. 포르 모르즈비 거리에 피부색이 다양한 원주민들이 보였다. 피부가 검고 코가 길고 좁은 사람은 유대인의 특징이 뚜렷해 이스라엘에서 흘러온 부족의 후손으로 보인다. 황인족 원주민도 만났다. 우유를 섞은 커피빛이나 불그레한 구릿빛인데, 모두 여러 방언을 사용했다.

피지 사람을 닮은 투푸셀레이, 게테 등 멜라네시아 사람들도 있었다. 사마라이 부족은 거의 누구나 공무원으로 일한다. 프랑스 정원에서 보는 듯 반듯반듯 기학학적으로 자른 기묘한 머리를 하고 있었다.

길이가 1미터 50센티미터쯤에 지름이 1브라쯤 되는 대나무통으로 만든 재미있는 담뱃대를 쓰는 사람들이 있었다. 연초를 그 끝에 집어넣고 다른 쪽 구멍으로 빨았다. 제임스 쿡 선장[22]이 놀랍게 증언했던 것을 여기에서 볼 수 있을지 모른다. 그는 자기 범선에서 막대기 같은 것을 손에 쥐고서 원주민들이 구식 화승총처럼 이와 비슷한 화염을 뿜었다고 했으니까. 이 유명한 선장은 이런 모습을 적대행위라 간주했지만, 원주민은 태평하게 담배를 피우면서 선장

---

22 1728~1779. 영국 항해사, 지도 제작자. 처음으로 호주에 당도하고 세계일주 항해에도 성공했다. 흔히 '캡틴 쿡'으로 통한다.

뉴기니아의 족장과 담뱃대.(위) 갑판에 올라온 파푸아 소년.(아래)

의 함선들이 지나는 것을 구경했을 뿐이다.

만을 채운 바다에서 수많은 통나무배들이 흔들리고 있었다. 이 지역 누벨기네 원주민은 능숙한 항해자다. 매년 바람이 좋은 계절이면, 누벨기네의 깊은 만으로 먼 여행을 떠난다. 이들은 항아리를 싣고 가 주식으로 먹는 '사고(sago)'라는 야자수 녹말을 교환해 가져온다.

출발 전에 피레크레로 총독과 부아므뉘 주교가 배웅을 나왔다. 주교는 파푸아 주재 교황대리 주교였다. 나는 주교와 한참 동안 부르자드 신부를 애석해했다. 그 신부는 1차 대전 때 전투기 조종사로 독일 비행기들을 격추한 것으로 유명했지만, 비위생적인 고장에서 열병으로 일찍 세상을 떠났다.

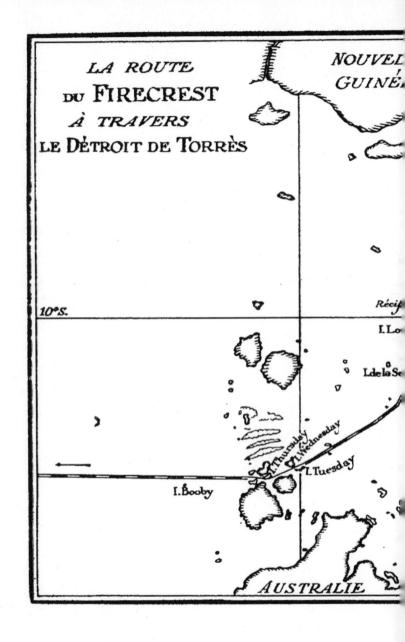

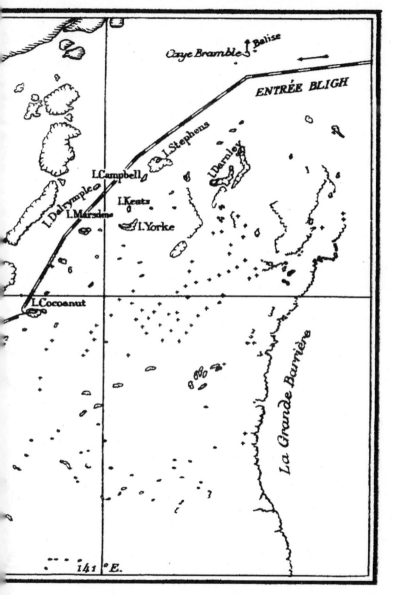

뉴기니아의 토레스 해협을 관통한 피레크레의 항적

6
태평양에서 인도양까지
(토레스 해협)

LE VOYAGE D'ALAIN GERBAULT
AUTOUR DU MONDE

..... A travers l'Atlantique
-·-·- A la poursuite du soleil
——— Sur la route du retour

5월 19일, 나는 돛을 올리고 정박장과 바실리스크 수로를 거쳐 초호를 벗어났다. 이때까지 편서풍은 불지 않았다. 출발한 지 나흘이 지날 때까지 모레스 항 뒤로 솟은 언덕 위 저수지가 여전히 보였다. 그러다가 마침내 가볍게 시작되는 바람과 함께 파푸아 만에서 나오는 강한 해류를 맞았다. 물은 누르스름했고, 엄청난 통나무들이 떠다녀 불안했다. 주변 생물들이 매우 풍부해 놀라웠다. 수많은 물고기, 바닷새 떼가 나를 늘 둘러쌌다.

새들은 밤새 뒤쪽 돛 아래 활대로 몰려와 앉아 쉬곤 했다. 서로 외치고 싸워대는 바람에 잠을 설쳤던 나는 결국 갑판으로 몽둥이를 들고 올라가 쫓아버렸다.

물고기의 습성을 공부하는 것은 전혀 싫증이 나지 않는다. 이 놈들의 지능과, 숱한 통신수단 증거를 수집해두었다. 바람이 잦아들었을 때, 나는 심심풀이로 진주모를 낚시 미끼로 삼아 물에 던졌다. 돌고래들은 가짜 먹이가 위험한 줄 금세 알아챘다. 돌고래들은 번개처럼 뛰어올라, 입에 물지는 않고 일부러 부딪치기도 했다. 그러면서 나와 한참 동안 재미있게 놀았다. 열등한 동물이 가진 이런 본능과 놀이감각을 나는 수없이 확인했다. 돌고래들이 뛰어오르며 입으로 물고기를 잡았다가 머리를 흔들어 허공으로 도망가도록 놓아주는 것도 보았다. 고양이가 쥐를 데리고 놀듯이! 그런데 나무 토막이나 표류물이 수면에 떠오르면, 물고기들은 피레크레를 떠나 황급히 그 주위에서 뛰놀았다. 그럴 때 바닷새들은 환호하듯 째지는 소리를 내지르며 배로 날아와 앉는다.

사실 그런 동물의 활동은 바로 놀이가 인간의 근원적 본능이라는 점을 증명한다. 또 일용할 양식을 얻으려는 것은 합리적인 본능이다. 사는 목적을 돈벌이에만 두고 일하는 것은 어리석기만 하다. 이런 것이 원시 인종이 백인 문명과 접촉하면서 멸종하게 된 근본적 이유 아닐까. 백인은 원주민의 생계를 지독하게 어렵게 만들고, 그들의 놀이 본능을 억압했다. 결국 그들의 유리한 생존 조건을 모조리 제거한 셈이다.

인도양으로 가는 길목 토레스 해협[23]에는 암초와 위험한 섬이
가득하다. 이런 장애는 호주 동부 연안부터 누벨기네까지 거대하
게 펼쳐진다. 실제로 내가 통과할 만한 곳이라고는 북동쪽 통로,
아니면 블리그 통로뿐이었다. 그곳에는 아무 불빛도 없었다. 그곳
을 지나는 기선들은 보통 밤에 정박하곤 했다. 이런 위험한 통로를
혼자 건너는 것은 이번 항해에서 최대 난관이었다.

5월 26일 17시. 해협 입구 근처에서 내가 돛대에 매달려 해가
머리 위에 떠 있을 때, 12마일쯤 앞에 브램블 케이(작은 산호초)의 경
고 표지가 보였다. 그러나 나는 밤새 닻을 내리지 않고 우선 과감
히 남행하고 나서, 남서쪽으로 피레크레의 방향을 잡고 그 길을 놓
치지 않았다.

다음날 날이 밝자, 다른레 섬의 위험한 암초들이 우현 쪽에서
멀어졌다. 스티븐 섬 전방 5마일 지점이었다. 해협 사이 숨은 수로

---

23   토레스 해협에는 작은 섬들이 274개나 된다. 토레스 제도로 통하던 섬들은 1980년 바누아투
    공화국으로 독립했다.

로, 모래가 많고 야자수가 우거진 캠벨, 달림플, 키츠, 마스던, 요크 섬을 차례로 지나가는 매력적인 항해였다. 그러나 편서풍은 불지 않았다. 나는 기수를 남쪽으로 돌려 어두워질 때까지 정박하려던 코코넛 섬[24]을 향했다. 그러다가 돌풍에 큰 돛과 삼각돛이 걸려 지도에도 없는 작은 무인도로 끌려갔다. 바람 속에 밤이 깊었고, 던게니스 암초들이 보였다. 무섭게 불어난 조수 때문에 돛을 줄이지도 못했다. 나는 왕밧줄과 작은 닻으로 수심이 16브라쯤 되는 곳에 정박했다. 돌풍에 물결이 거세게 일더니 자정 무렵 왕밧줄이 끊어졌다. 돛을 미처 수리할 틈이 없었다. 다시 길을 나설 수는 없었다. 큰닻과 쇠사슬 60브라를 내려야 했다. 이렇게 안절부절못하며 밤을 지새웠다. 쇠사슬을 흔들어대는 지독한 파도 소리도 괴로웠다.

새벽까지 바람은 여전했다. 돛을 수리하고 나서 닻을 다시 끌어올렸다. 그런데 도르래로 10여 브라 정도 끌어올렸을 때 걸리는 듯하더니 끊어졌다.

나는 수로 입구에 암초가 가득한 비좁은 수역에 있었다. 밤이

---

24 Coconut Island, 토레스 제도의 섬으로, 옛날에 사람들이 코코넛 잎과 나무껍질과 풀로 집을 짓고 살았다. 거북을 비롯한 희귀동물이 많다.

되기 전에, 서즈데이 섬[25]까지 가기 어려웠다. 수로를 벗어날 방법이 없어 롱그 섬 뒤에 정박할 수밖에 없었다. 그곳은 그리 위험하지 않았다.

바로 이때 코코넛 섬 원주민의 외돛배 한 척이 다가왔다. 나는 그들에게 영어로 닻을 빌려 달라고 했다. 그들은 5마일 떨어진 자기네 섬까지 나를 예인했다. 나는 그곳에서 밤을 지낼 만한 곳을 찾았다. 이들의 외돛배는 피레크레의 두 배 크기였는데, 거센 파도 사이로 더욱 빠르게 달렸다. 예인줄을 걸어 여러 명이 내 배로 올라왔다. 피레크레는 처음으로 돛배에 예인되었다.

시원한 남풍이 불었다. 외돛배의 측범부는 하나였다. 피레크레는 도르래가 두 개였다. 나는 피레크레가 좁은 바다에서 강풍을 어떻게 받을 수 있는지 보여주려고 큰 돛을 완전히 올렸다. 피레크레의 상갑판까지 물속으로 기울었다. 피레크레는 좁은 수로를 가르며 나갔지만, 이런 자세로 정확하게 예인선 쪽으로 바람을 탔다. 원주민들은 겁을 먹고 갑판에 엎드렸다. 폭이 넓은 배로, 기울음이 적은 항해에 익숙한 그들은 피레크레가 침몰할까 마음을 놓지 못하는 듯

---

25 Thursday Island, 토레스 제도의 섬으로, 현재의 호주 퀸스랜드 지방이다.

했다. 그렇지만 묵직한 납용골 덕에 크게 기울지는 않았다.

우리는 코코넛 섬에 닿았다. 마음에 드는 작은 섬이다. 야자수를 심은 산호초 섬인데, 그 섬의 숲 앞에서 나는 '파무라' 외돛배 뒤에 정박한 채 밤을 보냈다.

주민들과 영사 대리을 맡은 촌장이 찾아왔다. 이들은 매우 정중했다. 피부색이 꽤 검은 편이지만, 더 피부가 흰 편인 폴리네시아 사람과 상당히 혼혈된 모습이다. 촌장은 60대 노인인데, 영어와 말레이어가 섞인 섬의 방언으로 말을 걸더니, 불어를 하려고 애써 놀라웠다. 노인은 자신이 낭트 태생으로 토레스 해협에서 서른다섯 해를 살았다고 했다. 모국어를 계속 쓰지 않다 보니 잊은 모양이었다. 그는 원주민 말을 배우지 않고 엉성한 영어만 사용했다.

나는 상륙해서 촌장에게 닻을 좀 구해달라고 부탁했다. 그는 팔려고 하지 않고 빌려줄 테니 닻과 왕밧줄을 나중에 서즈데이 섬에 놓고 가라고 했다.

섬은 작지만 매력적이어서 내가 좋아하는 폴리네시아 생각이 들었다. 모국어를 되살리기 시작한 촌장은 나를 자기 오두막으로 데려갔다. 그의 딸 일곱 중 하나가 식사를 준비했다. 그는 내게 자기 이야기를 들려주었다. 그의 별명은 지미. 범선 선원으로 젊은 원주민 처녀의 미모에 홀려 모든 것을 버리고 여기 주저앉았다. 얼마나 사연이 많던지! 그는 잠수구를 갖추고 진주를 캐면서 이곳에서 청춘을 보냈다. 노략질을 일삼던 강도들이 섬들을 지배하던 시절이었다. 백인 사내들은 되는 대로 자기네 법을 만들었다. 그는 돈을 모으지도 못했다. 술과 여자로 탕진했다. 그의 눈은 자기 모험담을 들려줄 때 야릇하게 빛났다.

"범선 선주가 된 적도 있었지. 그런데 그것을 원주민 촌장한테 주고, 그 딸을 받았거든. 후회는 없어. 다시 하래도 그렇게 할 걸. 고년이 얼마나 예쁘던지!"

그는 날짜와 사실을 희미하게 기억했다.

"한번은 미국 항해사를 만났지. 자네처럼 혼자 세계일주하던 중이었어. 진짜 순종 양키야. 늘씬하고 크고 말랐는데, 대머리에 염소수염을 길렀고, 여행 사진을 보여주면서 서즈데이 섬에서 강연도 했지. 벌써 10년도 더 된 것 같아."

나는 그 사람이 '스프레이호'의 유명한 슬로컴 선장[26]일 수밖에 없다고 설명해주었다. 이곳을 30여 년 전쯤에 지나갔을 것이다.

"벌써 30년이라! 그렇겠군. 이 섬에서는 세월이 정말 너무 빠르다니까."

그의 곁에 아들이 앉아 있었다. 구릿빛 피부에 잘생긴 소년이었다. 소년은 타는 듯한 눈빛으로 자신이 알아듣지 못하는 말의 뜻을 알고 싶어 했다. 지미는 이렇게 말했다.

"루이스를 당신이 데려갈 수 없을까? 나야 떠나기에는 여기에 너무 익숙해졌으니. 고국에 다시 가보고 싶어도…. 언젠가 서즈데이에 정박한 프랑스 군함 갑판을 올려다보면서 해군들과 수다를 떨었는데, 그들이 나더러 올라와 같이 가자고 했지만, 그럴 수 없었지. 바보짓일 테니까. 일단 배에 오르면, 나를 가두고 프랑스로

---

26 Joshua Slocum, 1844~1909. '스프레이'라는 작은 돛배로 혼자 세계일주 항해를 해낸 캐나다의 영웅이다. 슬로컴 선장 다음으로 그 기록을 세운 사람이 바로 저자 알랭 제르보. 슬로컴은 예순여섯 살의 나이로 다시 혼자 항해에 나섰다가 버뮤다 해역에서 실종되었다.

데려가 탈영병이라며 심판하지 않겠어. 나는 섬을 뜰 수 없어. 그렇지만 루이스는 당신을 따라갈 수 있을 않을까? 고향도 알게 될 것이고, 당신이 돌아올 때 다시 데려오면 안 될까?"

하지만 아무리 어린 동반자가 자발적으로 따라나선다 해도, 고생을 함께하기에는 내 금욕적 생활이 혹독할 텐데… 더구나 이 훌륭한 섬에서 건전하고 자연스레 살고 있는 순박한 소년에게 위선적인 우리 문명을 접해 타락시킨다는 것도 현명치 못한 일이다.

코코닛 섬 원주민은 암초에서 낚시와 '트로카' 조개를 잡는 일을 하며 산다. 고기잡이는 폴리네시아처럼 여러 갈래의 긴 낚싯대로 한다. 능숙한 토박이들은 놀라운 솜씨로 40~50피트 거리에서도 실수할 줄 모른다. 나를 마중 나왔던 외돛배를 타고 진주모와 빛뿔고동 조개를 따러 나가, 10~20미터 깊이까지 들어가기도 한다. 원주민은 이런 수확물을 서즈데이 섬으로 가서 팔았다. 또 돈은 토레스 해협의 원주민 호민관에게 예치해두고, 피복과 식료품으로 교환한다.

화요일, 바람이 세게 불었다. 원주민들은 나더러 떠나지 말라고 애원했다. 지미에게 피지 섬의 마른 토란을 주고 나서(이 섬의 모래밭에서 자랄 것 같았다), 6월 1일 수요일 아침에 출항했다. 이름은 곱지만 위험한 섬들 근처를 통과할 만큼 바람이 불었다. '스리 시스터즈', '나인 핀', '새들' 등 한 세기 전의 지도에서나 등장하는 이름들이다.

나는 마침내 서즈데이 섬과 완전히 전인미답의 원시림으로 우거진 웬즈데이 또는 '마우루라'라고 부르는 섬 사이로 빠져나가, 케네디 항의 정박소를 겸한 수로로 들어선 다음, 16시 30분에 닻을 내렸다. 6노트의 해류가 흐르는 가운데, 범선들 100여 대가 서 있는 한복판이었다. 이렇게 코코넛 섬을 떠난 지 8시간 반 만에, 65마일을 달렸다. 피레크레체처럼 작은 돛배로는 놀라운 속도다. 즉시 항무장과 검역관, 세관원이 갑판으로 찾아와 수많은 서류를 내놓고 서명을 하라고 했다. 계속해서 더 채울 서류를 주었다. 도착하자마자 호주 서류 한 뭉치를 받은 것이다.

이웃 섬들과 다르게 웬즈데이 섬은 야성미가 넘친다. 이곳에서 'T. I.'라고 약자로 부르는 서즈데이 섬은 모래가 많고 나무는 거의 없다. 집과 가게는 누추하기 그지없고, 대부분 흰 나무와 울퉁불퉁한 함석지붕이다. 그런데 사람들은 인종 전시장처럼 다양하다. 중국, 말레이, 필리핀 상인들, 잠수부, 조선공, 일본인 또 호주 원주민까지 어선에서 어부로 일한다.

진주를 캐는 잠수부는 다년간 계약직으로 일한다. 잠수 장비를 갖추고 돈벌이하러 온 일본인들이 장악하고 있다. '순수한 백인'의 호주에서 유색인에게 거대하고 풍부한 자원 개발권을 양도했다는 사실은 대단히 놀랍다. 노동력 부족이 주요인이다. 그런데 트로카 조개나 진주모를 장비도 없이 캐는 원주민들이 있다. 그러나 이들의 최고의 수확도 투아모투 열도에서 보았던 것만 못하다. 토레스 해협의 진주모는 최상품으로 인정받고, 투아모투 열도의 것보다 훨씬 값비싸다. 그렇지만 진주 생산량은 열도보다 적다.

서즈데이 섬은 호주, 퀸슬랜드 지방이다. 이곳 섬주민에게 호주 이야기를 하는 것은 모욕이다. 코르시카 섬에 건너가 섬사람에게 프랑스 말을 하는 것과 다름없다. 피레크레는 호주 영해에 들어와 있었다. 나는 이 점을 알아야 했다. 이곳에서 요트의 특권은 없고, 상선들과 똑같이 공식 출입국 절차를 밟아야 한다. 나는 배에 실린 모든 식량을 세 가지로 분류해 자세히 기록해야 했다. 줄줄이 '별것 아님(신고 대상이 아니라는 의미)'이라는 항목을 채우고, 선원과 장비까지 기재했다. 사실상 호주 공문서는 믿기 어려울 정도로 많았지만, 다행히 내 경우에는 예외적으로 관대하게 면제받은 부분도 있었다.

나는 호주의 뛰어난 운동선수들과 테니스를 즐겼다. 또 세계에서 가장 작은 신문이라는 「토레스 해협 선원」지에서 내 경기를 여러 차례 기사로 실었다. T. I.처럼 작은 곳에서 나는 유명세 때문에 고생했다. 그러나 나를 찾은 많은 사람의 우정은 감동적이었다. W.라는 선수는 자기 이름조차 밝히지 않고 겸손했다. 그의 부인이 사모아 최후의 왕손이었다. 전문을 수도 없이 보냈지만 내 출발에 맞춰 브리스베인에서 주문한 쇠사슬과 닻이 도착하지 않아 쩔쩔매고 있을 때, 그는 나를 극진히 도와주었다. 우리는 함께 그의 모터보트를 타고 프린스 오브 웨일즈 섬을 산책했다. 그곳의 거대한 개미총 부근에서, 원주민이 잡아 구워 먹은 듀공[27]의 잔해가 남아 있었다.

마침내 출발하기 전, 도착 때처럼 모든 공식 절차를 되풀이했다. 그러고 나서 시원하게 서즈데이 섬의 위험한 정박장과 조수를 벗어났다. 세계를 도는 항로의 커다란 한 단원이 이제 마무리되었다. 태평양은 추억일 뿐, 나는 이제 인도양으로 접어들었다.

---

27 물소, 또는 매너티라고도 하는 멸종 위기에 처한 희귀종 바다코끼리다. 열대 바다에 사는 듀공이 해변에 앉아 새끼에게 젖을 물리고 먹이는 모습을 본 사람들이 인어로 착각하면서, 인어 전설이 등장했다.

코코스 섬 앞바다에 정박한 피레크레.

7
아라푸라 해

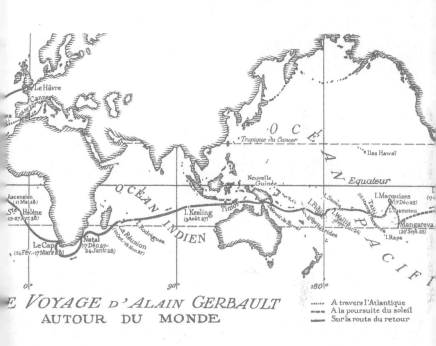

6월 15일 아침 8시. 나는 케네디 항을 떠났다. 시원한 남풍에 실려 정오쯤 부비 섬 곁에 도착했다. 그때 T. I.에서 엔진을 붙인 보트가 등대로 보급품과 식량을 싣고 왔다. 섬 주위로 바람이 거세, 선원들이 상륙하고 식량을 내려놓는 데 몹시 고생했다. 부비 섬은 과기 포경선을 위한 식량 저장고와 우편함이 있었다. 포경선은 몇 년씩 항해하기 때문이다. 유럽과 아메리카에서 건너온 포경선원들이 이곳에 편지를 맡겨두고, 귀환하는 사람들이 그것을 가져갔다. 멀어지기에 앞서 나는 보트 사람들과 몇 차례 인사를 나누었다.

밤에 달은 완전히 이지러져 보였다. 그다음 날 토레스 해협의 위험을 멀리하고, 프랑스로 가는 항로가 이제 모든 암초에서 벗어나게 되었다고 생각하니 흐뭇했다.

붉은 먼지 같은 것이 아라푸라 해[28]의 수면을 떠다녔다. 일찍이 쿡 선장과 찰스 다윈이 주목했던 것이다. 무수한 작은 물뱀들이 반짝이는 빛을 내면서 수면으로 자주 떠올랐다. 밤바다는 경이로운 형광 불빛으로 밝혀졌고, 피레크레는 기다란 빛의 이랑을 남기며 전진했다.

편서풍은 동쪽에서 불었다. 내가 항해하는 동안 남쪽에서 분 적이 없었다. 그래서 나는 수도 없이 뱃머리를 틀어야 했다. 이 때문에 항로도 상당히 수정되었다.

6월 23일, 아직 시야에 들어오지 않은 베셀 곶 부근에서 기선과 마주쳤다. 또 여러 날 동안 나도 모른 채 호주 북쪽 연안과 아르나임 랜드를 따라가고 있었다.

7월 1일, 티모르의 높은 봉우리들이 보였다. 2일, 로티 섬이 보

---

28 Arafura Sea, 오스트레일리아와 인도네시아령 뉴기니 섬 사이의 얕은 대륙붕 바다. 동쪽으로 산호해, 서쪽으로 티모르 해, 남쪽으로 카펀테리아 만에 접한다.

였다. 이어서 티모르와 로티 섬[29] 사이로 세마우 해협을 통과해 쿠팡 정박장에 닻을 내렸다. 콩코르디아 항 맞은편이다. 18일간의 항해였다.

쿠팡[30]은 요새와 성곽이 해안을 둘러싼 네덜란드의 고도였다. 네덜란드 주민 하메르스터 씨가 나를 반겼다. 놀랍게도 그는 내 항해를 환히 알고 있었다. 그가 내 책, 『혼자 대서양을 건너』의 네덜란드 판을 보여주었다. "아 그랬었구나!"

깨끗한 시내에서 이미 콘라드 선장이 훌륭하게 묘사한 그림 같은 정경과 매력은 변함이 없었다. 치마처럼 허리에 두르는 사롱 차림의 말레이 사람들, 크고 작은 가게를 운영하는 수많은 중국인… 이들 가게에서는 물건을 팔기 전부터 알맞은 크기에 따라 여러 메뉴로 나누어놓았다. 각 종교마다 수많은 성당, 회교사원, 조상 숭배에 쓰이는 성상들로 눈부신 사당도 보였다.

원주민의 구성은 다양했다. 로티 섬에서 건너오기도 했고, 사부 섬에서 오기도 했다. 사부 섬 출신은 피부가 더욱 밝아, 폴리네시아 사람과 아주 비슷하다. 시내에서 산에서 내려온 원주민들이

---

29 Roti, 인도네시아 최남단의 섬으로, 순다 열도의 하나다.

30 Kupang, 티모르 섬의 서부 지역에 자리 잡은 인도네시아의 지방 도시.

두건을 쓰고 멋지게 무장한 모습도 보았다. 그중 족장이 지나갈 때마다 같은 부족 사람들의 극진한 존경의 인사를 받았다.

나는 빈랑자라는 끔찍하게 양념이 센 말레이 음식을 먹어보았다. 빈랑나무 열매를 섞어 맛을 낸 음식이었다. 물론 중국 음식이 더 좋았다. 하지만 이보다 더 좋은 것은 거리에서 웅성웅성 활기찬 생활을 보는 것이다. 터키 모자를 쓴 이슬람 청년들이 벌인 좌판에서, '사케'라고 부르는 양고기를 젓가락에 꿰어 센 숯불에 구운 음식이 특히 좋았다. 목을 축이는 데에는, 종려 잎으로 짠 항아리에 넣어 파는 그윽한 종려주가 최고다. 종종 초저녁 포근한 바람결에 낯선 노래가 들려오기도 한다. 48줄의 기타에 맞춰 부르는데, 이 기타통도 종려 잎을 엮어 만든다.

이렇게 차례로 들르는 곳마다 항상 새로운 감흥을 맛보았다. 이제 나는 눈부신 동양의 매력에 흠뻑 취했다. 그런데도 여전히 폴리네시아의 추억을 지울 만큼 강렬한 것은 없었다. 이제 돌아가는 길에 멀어지니까 말할 수 없이 슬프다.

튜브를 타고 돌아본 지역에서, 사람들은 얕은 바다에서 파도에 부서진 선창을 수리하고 있었다. 어떤 사업가가 말레이 청년들을 지휘하고 있었다. 그들은 남자 같지 않을 정도로 미남이었다. 한밤

중까지 이상한 연장으로 말뚝을 박으면서 물속에서 일하기도 했다. 둘로 엮은 대나무단 사이로 육중한 쇳덩어리를 끼웠고, 여러 갈래로 갈라진 야자섬유로 묶은 밧줄들을 잡아당겼다. 다른 무리들이 단조로운 노래를 부르면서 약한 부분을 붙잡고 있었다. 이런 장치는 언제든지 쉽게 해체될 것 같았다. 사실 계속 손을 보아야 한다. 모두들 힘들어하면서 자주 쉬곤 했다. 엄청나게 힘을 써야 했으니까. 일손이 싼 부족은 항상 이런 식으로 일한다.

나는 피레크레의 선체를 닦으려고 건조한 '난세임' 해변으로 배를 끌어올렸다. 지름이 15센티미터나 되는 난난한 이 지역의 좋은 대나무 두 개를 지렛대로 삼았다. 해변에는 로티 섬에서 건너온 사람들이 살았다. 이들의 방언은 폴리네시아 방언과 비슷한 점이 많았다.

이들의 주거도 옛날에 오세아니아 동부에서 야자줄기와 잎으로 지은 자연스러운 집들과 아주 비슷했다. 그러나 실내는 울을 쳐 칸을 나누었다. 또 바닥은 시멘트로 덮었다. 쾌적한 주거를 위해 백인 문명을 응용한 것이다. 쿠팡의 유럽 주택은 울퉁불퉁한 함석으로 덮지 않고, 열을 전하지 않는 섬유질 시멘트를 덮거나 기와를 올렸다.

만월이 지속된 사흘간, 난세임 주민들은 바닷가 환한 달빛 아래에서 춤을 추었다. 그들은 달이 질 때까지 손을 잡고서 땅바닥을 박자에 맞춰 딛고 걸었다. 그들의 다리는 풀잎에 덮이고, 그 춤은 내가 발리스, 코코넛 섬에서 보았던 것과 아주 비슷했다.

내가 떠나기 전에 지사가 딸 셋을 데리고 내 배로 차를 마시러 올라왔다. 그의 조수 반 힌켈 씨도 사부 섬[31]에서 짠 전통 목도리, 수람바야의 활과 화살 등 여러 섬의 토산물을 가져왔다. 내 여행에 심심치 않은 동반자들도 안겨주었다. 찬란한 빛깔의 금강잉꼬, 귀여운 위스티티 원숭이, 야생 사향고양이를 받았다. 그런데 티모르의 작고 훌륭한 망아지는 배에 오르려 하지 않고 고집스럽게 머리로 내 어깨를 밀치면서 서커스 짐승처럼 펄펄 뛰었다. 그래서 데려가고 싶어도 피레크레에 자리가 없으니 어쩌겠냐고 사양할 수밖에 없었다.

조용히 사흘을 지내고 난 후 7월 15일 저녁에, 나는 닻을 걷어

31   Savu, 티모르 서쪽의 섬으로, 순다 열도의 하나. 1770년 제임스 쿡 선장이 바타비아로 가는 길에 사흘 동안 이곳에 묵었다. 당시 쿡 선장 휘하에서 동식물 채집을 했던 조지프 뱅크스의 정보는 그 섬에 근무하던 네덜란드 동인도 회사의 독일인 사장의 도움을 받았다.

올리고, 앞쪽 돛을 올리고, 천천히 밤에 물길에 올랐다. 그 다음다음 날에, 나는 사부 섬의 북쪽 연안을 따라갔다. 그 섬은 쿡 선장이 처음 세계일주 여행을 하면서, 괴혈병에 죽어가는 대원들을 구하려고 기항했을 때처럼 매력적으로 끌렸다. 사부 섬 여인들의 미모는 아직도 이곳 열도에 평판이 자자했지만, 나는 그곳에 들르지 못했다. 인도양에 태풍의 계절이 오기 전에 아프리카 연안까지 가야 하기 때문이다.

그 이튿날, 나는 숨바와 섬[32]을 바라보면서 밤새 형광빛으로 반짝이는 바다를 건넜다. 내 뒤로 빛의 이랑이 죽 이어지고 그 주변에 수많은 돌고래들이 따랐다. 나는 계기판을 고치러 크리스마스 섬[33]에 들르기로 했다. 두 대 가운데 하나를 임시로 티모르의 중국 시계포에서 수리했지만, 아라푸라 해에서 다른 것의 작동을 완전히 믿기 어려웠다. 작동 상태를 점검하고 또 새로운 수준기도 만들고 싶었다.

애당초 편서풍은 가볍게 동쪽이나 북동쪽에서 불었다. 그러나

---

32 Sumbawa, 인도네시아 동쪽 끝 섬이다. 이 섬에서 1815년 4월, 지구촌의 기상에 무서운 영향을 끼친 강력한 탐보라 화산의 폭발이 있었다.

33 Christmas Island, 인도양의 작은 섬으로, 오스트레일리아의 비자치령에 속한다.

남동쪽에서는 한 점도 불지 않았다. 이렇게 여로 전반부에 시간 여유가 많아, 나는 여행일지를 다시 살펴보게 되었다. 붉은 꼬리의 열대 바닷새 파에톤들이 내 위로 높이 날아다녔다.

8월 1일 아침, 나는 크리스마스 섬을 찾았다. 시계의 오차는 내가 계산했던 대로 맞아떨어졌다.

그때까지 날씨는 좋았다. 하지만 편서풍이 다음날부터 불어대면서 바다는 거칠어졌다. 수많은 돌풍과 소나기가 끊임없이 이어지면서 날씨는 거의 항상 찌푸렸다. 나는 선상일기를 썼다.

8월 8일 월요일, 밤새 소나기와 질풍. 답답하게 비로 막힌 날씨. 코코스 섬[34]에 다가서는 일이 걱정이고 가시성도 나빠, 서른 시간동안 엿보고만 있다. 앞 삼각돛대의 버팀목도 상태가 좋지 않다. 10시에 거친 바람이 한 차례 몰아닥쳤다. 16시, 삼각돛 하나만 펼친 채 줄행랑을 쳐야 했다. 바다는 몹시 거칠고 바람은 동북동에서 분다. 밤에 악천후에서 달빛을 보며 버틸 자리를 찾는다.

---

34 Cocos Islands, 인도양의 27개 산호섬으로 이뤄진 제도로, 현재 오스트레일리아 영토다. 오스트레일리아와 스리랑카의 중간에 자리 잡고 있다.

8월 9일 화요일, 해를 따라 오른쪽으로 킬링 섬에서 24마일 떨어진 곳까지 가니 오전 10시였다. 수평선 위로 야자수로 우거진 봉우리가 보여 즐거웠다. 바깥 암초의 섬들과 디렉션스 섬을 따라갈 때, 폴리네시아의 환초 지대와 같은 매력을 다시금 느꼈다. 디렉션스 섬에는 T. S. F. 송신소 철탑 옆에서 사람들이 나를 지켜보았다. 리푸지 항 입구로 뱃전을 향하고 있을 때, 송신소 영국인들이 승선한 돛을 단 통나무배가 나를 찾아왔다. 나는 '다이모크-살호' 곁에 닻을 던졌다. 모터보트에 끌려가면서 높은 파도 때문에 배 양옆을 산호조개들에 아슬아슬 부딪칠 듯 스친 끝에, 나는 디렉션스 섬의 작은 부두 근처 맑고 푸른 바다에 닻을 던졌다. 24시간 항해하고 난 뒤였다.

'동양전선확장공사'의 영국 직원들이 나를 환대했다. 디렉션스 섬에는 다양하지는 않아도 우거진 식물 사이에, 영국인만 식민지에서 그렇게 하듯, 훌륭한 식당, 도서관, 당구장, 테니스 코트 등을 갖추었다. 송신탑 하나가 '엠덴호'가 좌초한 자리에 서 있고, 거기에 노스 킬링 섬[35]을 기념하는 기명이 새겨져 있었다. 여기에서 15 마일 떨어진 곳으로, 지금은 유명했던 그 전함의 고철 몇 덩어리만 남아 있었다.

디렉션스 섬 남쪽 5마일 초호 주변에 '홈 아일랜드'[36]라고 부르는 섬이 있다. 이곳에 말레이 주민 500명이 살고 있었다. 도착 며칠 뒤, 나는 튜브를 타고 초호를 건너 섬을 물려받은 J. S. 클루니스 로스의 영접을 받았다. 1816년 이 섬에 정착한 존 클루니스 로스 대위의 후손이다.

그는 스코틀랜드식 장원에서 살았다. 그의 아버지가 지은 것이라는데, 안락하게 많은 손님을 받을 수 있었다. 그는 자신이 제일

---

35 North Keeling, 산호초의 작은 무인도. 오스트레일리아 영토의 최북단. 멸종위기종 바닷새가 살고 있다. 영국 동인도 회사 소속 윌리엄 킬링 선장이 1609년에 처음 알게 된 섬이라서 그의 이름으로 부른다. 독일 순양함 엠덴은 코코스 제도 전투 중에 오스트레일리아 전함의 공격으로 침몰했다. 선원들은 섬으로 들어가 대부분 사망했고, 일부 생존자는 구조되어 귀국했다. 1950년 일본 기업이 그 섬에서 엠덴호의 잔해를 발견했다.

36 Home Island, 인도양에 있는 코코스 제도의 섬이다. 작은 섬이지만 코코스 제도의 인구 대부분이 이곳에 산다. 알렉산더 헤어와 존 클루니즈 로스가 코코스 제도에 정착했을 때, 이 섬에 정착했다. 섬의 주민은 코코야자 생산 노동으로 데려온 말레이계가 대부분이다. 말레이 사람들이 사는 주택지가 대부분이지만, 코프라 공장의 철거나 로스가의 일족과 기독교도와 이슬람교도의 묘지가 있고, 로스 3세가 세운 오세아니아 하우스라고 하는 건물도 있다.

좋아하는 일인 선박 건조장으로 안내했다. 로스 씨는 엔진 달린 초계정 여러 대를 갖고 있었다. 그곳에서는 돛배들을 제작 중이었다. 놀라운 속력을 내는 것들이다. 코코스 섬의 말레이 사람들은 확실히 뛰어난 직인이다. 거기에 길이가 20미터나 되는 삼각돛배가 있었다. 물의 저항을 극히 적게 받는데, 외피판을 이중으로 덧대었다. 내가 여행 중에 본 것 가운데 가장 세련되었다.

J. S. 클루니스 로스는 요컨대 이 섬의 절대군주다. 섬의 유일한 산물인 코프라 수확은 그의 몫이다. 섬에서는 금전 유통이 금지되었다. 그는 말레이 사람들에게 노동에 걸맞은 물건으로 보상했다. 이 섬은 내게 낙원으로 보였다. 거리는 청결하고 집들은 깔끔해 그림처럼 아름답다. 주민들은 키가 작았지만 잘생긴 편에 건강하고, 오두막 안은 깨끗하고 안락했다.

이곳을 우리 환초들과 비교하지 않을 수 없었다. 분명 폴리네시아에서 가장 부유한데도, 주민들은 모든 것을 박탈당한 반면, 상인들만 부자가 되고 돈은 다 증발했다. 그렇지만 다행히 코코스 섬에는 일시적이든 영구적이든 재물을 거래하는 상인은 없었다.

내가 폴리네시아에서 꿈꾸었던 것은 분명하다. 나도 어느 날 아무도 살지 않는 환초의 주인이 되어, 내가 고른 폴리네시아 주민들을 끌어들이고, 그곳에서 사람들이 돈은 쓰지 않고, 운동을 하고 예술을 즐기며 행복하게 사는 것이다.

코코스 섬에서 나는 수차례 테니스를 쳤다. 첫날에는 전선회사의 우승자에게 졌다. 그러나 금세 복수전을 치렀다. 금요일 저녁에 행정관은 저택을 개방했다. 두 차례 전선회사 직원들과 함께 멋진 저녁을 즐겼다. 말레이 음식과, 사프란으로 맛을 낸 감미로운 거북이 안심구이를 먹었다.

이곳에 머물면서 나는 종종 튜브를 타고 초호를 건너다녔다. 홈아일랜드 구석구석을 찾아다녔고, 클루니스 로스의 직원들, 말레이사람들과 축구도 즐겼다. 나는 돛배 경주에도 참가했다. 디렉션스섬 앞바다에서 매주 열리는 경기다. 그렇지만 쉽게 지고 말았다.

마침내 피레크레가 신품 강철 버팀줄을 받았다. 나는 보급품, 쌀과 과자와 석유를 비축하고, 물통도 가득 채우고 나서 또다시 먼길을 떠날 채비를 했다. 이런 보급품에 치를 돈은 문제되지 않았다. 섬에서는 돈을 쓰지 못하게 되어 있으니까. 나는 크게 아쉬워하면서 이 매력적인 환초를 떠났다. 섬의 주인과 영국 통신사 사람들의 환대는 최고의 추억이었다.

다음 목적지는 로드리게스 섬[37]이다. 2,000마일을 가야 한다. 주변에는 100여 개의 암초가 있어 접근이 힘들 것이다. 해도는 쓸모가 없었다. 나는 오직 항해 지침만 따랐다. 그렇지만 나는 로드리게스 섬에 통신으로 연락해서 섬의 두드러진 곳들의 위치와 거리를 설명해달라고 했다. 그렇게 해서 섬의 약도를 그려보았다.

8월 21일, 통신사 건물에서 마지막 점심을 먹고, 17시에 삼각 돛 셋을 펴고 큰 돛은 줄인 채, 나는 호스버러 섬을 나란히 따라 나갔다. 금세 밤이 와 작은 환초에서 멀어졌다.

---

37 Rodrigues, 모리셔스의 속령으로, 섬 이름은 1507년 2월 포르투갈의 탐험가인 디오구 호드리게스가 처음 도착한 뒤 붙여졌다. 18세기 프랑스에서 들여온 아프리카 노예들이 이 섬을 개발했다, 1809년 영국의 식민지가 되었다. 1968년 모리셔스가 영국으로부터 독립하면서 로드리게스 섬도 모리셔스 영토가 되었다.

8

인도양을 건너며

LE VOYAGE D'ALAIN GERBAULT
AUTOUR DU MONDE

······ A travers l'Atlantique
▬▬ A la poursuite du soleil
▬▬ Sur la route du retour

코코스 섬은 남위 12도 선상에 걸쳐 있고, 다음번 기항지 로드리게스 섬은 19.3도 선상이다. 그사이에 인도양이 2,000마일 거리에 걸쳐 있다. 이 긴 항로는 우선 북북서에서 불어오는 바람으로 시작했다가 남서풍을 받기도 했다. 남반부의 겨울치고 예외적인 바람이다. 편서풍은 이어서 동북동에서 다시 불어와 차갑게 식으면서 바다를 거칠게 만들었다. 뒤바람을 탄 나는 계속 뱃머리를 바꾸면서, 피레크레가 스스로 길을 잡도록 했다. 인도양을 건너는 동안, 남동에서 불어온다는 편서풍이 절대로 그 방향에서 불어오지 않는다는 사실이 흥미로웠다.

바다를 건너는 동안 습기가 심했다. 장비의 여러 부분, 특히 뱃

코코스 섬에서 축구경기 후 식민지 정주민과 행사장에서

머리 버팀줄과 이음새가 느슨하게 풀리기 시작했다.

9월 8일, 바람이 몹시 불규칙하더니 파도가 높고 고약한 날씨가 며칠 이어지다가, 다시 조용하게 바람이 가벼워졌다. 남쪽으로 내려갈수록 나는 추위에 떨었다.

식사는 극히 단조롭다. 코코스 섬에서 곡물을 거의 구하지 못해 쌀밥으로 때웠다.

마침내 9월 21일 새벽, 로드리게스 섬이 보였다. 무선통신으로 받은 정보 덕에, 나는 어려움 없이 바깥 암초의 북동쪽 단층을 돌파했다. 마튀랭 항구 정박장 한복판으로 돛배 두 척이 나를 마중 나왔다. 그중 하나에는 영국기가 꽂혀 있었다.

해안에서 1마일 밖의 정박장은 수피르와 카스카드 두 강 사이의 반도로, 마을과 이어졌다. 안쪽의 산호초에서 시작되는 내포로, 지도에 없던 것이다. 나는 돛배가 나를 보러 오기를 기다리며 배를 세웠다. 그렇지만 그들은 내게 따라오라는 신호를 보냈다. 그 뒤는 좁은 해협이었다. 놀랍게도 포구가 갑자기 좁아지는데, 사람들은 내게 정박하라고 외쳤다.

피레크레는 뒤바람을 타고서 4노트로 이동했지만 닻을 내리기 전에 가속이 붙은 속도를 멈출 자리를 찾지 못했다. 바람을 받고 있는 큰 돛을 끌어내리기 힘들었다. 특히 60피트가량 되는 해협 양안의 산호를 피하느라 정신이 없었다. 가까스로 돛을 반쯤 접고, 닻을 내리고 바다의 산호가 닿는 느낌이 들어 피레크레를 점검했다. 그때 돛배를 탄 사람들이 내 갑판으로 올라와, 화려하게 치장한 수많은 원주민들이 선교를 가득 메우고서 나를 도우려 했다. 나야 원치 않았다. 내가 만류하는데도, 사람들은 선교에서 내려가지 않고 한 시간 반 동안 배를 띄워놓은 채 닻을 좋은 자리에 내리려고 고생했다. 단 몇 분이면 혼자서 할 수 있을 텐데….

배에 올라온 영국인은 프랑스 후손의 마오리 족이었다. 원주민들은 아메리카, 서인도 제도의 프랑스령에서 사용하는 크레올 사투리를 썼다. 그곳에서 수많은 옛 프랑스어를 많이 들을 수 있었다. 이 정박 작업을 주도하겠다고 나섰던 선원은 흑인이다. 자신이 프랑스인이었다면서 일을 평계로 계속 질문 공세를 펼쳤다. 자기 조상이 브르타뉴의 레베크라는 사람이라며 그 소식을 물었다. 그는 브르타뉴가 로드리게스 섬과 비슷할 것이라 생각한 모양이다. 왜 이렇게 좁고 먼 수로에 정박하라고 했느냐고 묻자, 피레크레처럼 날렵하고 빠르게 움직이는 쾌속선이 용골이 없는 가벼운 배처럼 정박할 수 없다는 사실에 놀라워했다.

이렇게 항구에 처음으로 지도도 없이 선원을 따라 들어섰을 때, 나는 심각한 손해를 보고 말았다.

결국 뜻밖의 손님들이 갑판을 내려가고 나서, 나는 두 번째 돛배에서 나를 마중하러 온 영국인 통신사 직원들을 맞이했다. 그들은 나를 식사에 초대하려고 기다리고 있었다.

샤워를 하고 점심을 먹고 나서, 그들은 내포 정박장 지도를 보여주었다. 내가 건너온 자리에서 그 해협의 더 앞으로 들어오기는 절대로 불가능하다는 사실을 알게 되었다. 또 내가 민첩하게 움직였기에 해협에 잔뜩 깔린 산호 바닥을 피할 수 있었다는 사실도 알게 되었다. 아무튼 내가 원치 않던 인물들에 이끌려 이렇게 포구로 들어온 것은 서커스에서 재주를 넘은 셈이었다.

로드리게스 섬에서도 코코스 섬처럼 통신사 직원들의 대접을 받았다. 마오리족 행정관 노엘 씨가 만찬에 초대했고, 또 아내와 함께 내외가 내 배까지 찾아왔다.

섬 주민의 조상은 아프리카 흑인과 브르타뉴, 노르망디 선원들이었다. 이곳은 옛날 동인도 회사 시절까지 프랑스 영토였다. 마튀랭 항구는 1810년에 이 프랑스 섬을 점령하러 온 영국 군함과 수송선 70여 대의 선단이 들어오면서 시작되었다.[38]

로드리게스에서도, 내가 도착하기 1년 전에 여기에서 1,300마일 남쪽 인도양에서 난파했던 기선 '트레베사호'의 생존자가 상륙했었다. 두 사람이 목숨을 잃은 사투 끝에, 포스터 선장과 선원 18명은 스무하루 동안의 항해 끝에 섬에 도착했다.

나는 산마루에 자리 잡은 선교회의 점심 초대도 받았다. 그곳에서 성령성당의 두 신부가 나를 다정하게 맞았다. 그들이 자랑하는 정원도 방문했다. 신부님들은 거기에서 소박하고 청빈하게 생활했다. 태평양의 몇몇 선교단의 화려함과 대조적이었다.

스무하루 동안 테니스도 즐기고 하면서 기분 좋은 날들을 보낸 후, 나는 고구마도 챙기고 중국 가게에서 중국 차, 맨밥에 기막히게 어울리는 중국 양념도 챙긴 다음, 레위니옹[39]을 향한 돛을 올렸다. 프랑스로 들어가자면 케이프타운의 머나먼 해로에서 거쳐야

---

38 로드리게스 섬은 애당초 1601년에 네덜란드 선원들이 처음 상륙해 탐사했지만 100년 가까이 거의 무인도였다. 그 후 1691년 프랑스의 개신교도들이 박해를 피해 들어오면서 차츰 유럽 정착민이 늘어났다.

39 아프리카 동남부 인도양의 섬. 마다가스카르 섬에서 700여 킬로미터 동쪽에 떨어져 있다. 원래 아랍인이 중세부터 살았던 자취가 있지만, 1946년부터는 프랑스의 한 지방이다.

하는 400마일 거리였다.

조용하고 가벼운 바람을 타고 여드레를 달리자, 모리스 섬이 나타났다. 8월 7일 안개 낀 아침이었다. 한 세기 동안 프랑스 영토였던 이 섬의 높은 정상을 보니 감개무량했다. 지도에서 그 중요한 곳들은 여전히 정다운 옛 프랑스 지명으로 적혀 있으니까…. 피통 드 라 리비에르 누아르, 캅 말뢰뢰, 리비에르 데 팡플무스, 베르나르뎅 드생피에르, 또 그의 유명한 소설 제목, 폴 에 비르지니 등으로….

그다음 날, 레위니옹의 높은 봉우리들이 거의 3,000미터 고지 위 구름 사이로 나타났다. 그렇지만 바람이 너무 약해, 10월 9일 저녁에야 섬 근처에 접근했다. 그 이튿날 새벽에 나는 훈풍에 밀려 북쪽 연안을 따라 생 드니 시를 바짝 붙어 지났다. 벌써 '데 갈레' 항 생각이 간절했다. 이 섬에서 확실하게 안전한 항구이기 때문이다. 그렇지만 내가 해안에 접근하려 했을 때, 베르나르 곶에 생 드니 T. S. F.의 철탑들이 늘어선 곳이 보였을 때, 갑자기 큰 물줄기 때문에 뒤로 밀려났다.

온종일 이런 식이었다. 결국 갈레 등대에서 2마일 이상 접근하지 못했다. 번번이 높은 파도에 뒤로 밀렸기 때문이다.

정박장에 큰 기선 두 척이 보였다. 예인선들과 거룻배들이 굉음을 내며 둥근 파도가 부딪치는 선창에 둘러싸인 항구를 빠져나오고 있었다. 배 안에 식량만 충분했다면, 기다릴 것도 없이 마다가스카르 아니면 더반[40]으로 향했을 것이다. 이날 저녁, 기선 '라 빌 다라스호'가 바로 곁을 지났고, 그 승객들이 내게 환호하며 인사했다. 밤새도록 해류에 떠밀렸다. 또 낮에, 그다음 날까지. 가까스로 해안 가까이 근접했다. 바람도 없어 멈춘 채 섬을 바라보고 있었는데, 아침 7시에 예인선 한 척이 데 갈레 항을 출발하는 것이 보였다. 항무장이 그 배를 타고 나와 내게 안쪽 부두로 들어오라고 했다. 받아들일 수밖에 없는 제안이었다. 바람 한 점 없었기 때문이다. 예인선 뒤로 붙은 나는 높은 파도 사이로 좁은 입구로 빨려들어갔다. 주민들 한 무리가 방파제와 부두에 모여 있었다. '라 빌 다라스호'에서 무선으로 내 도착을 미리 알려놓아 구경하러 나온 것이다.

항무장이 금세 세관원들과 보건소 직원들과 함께 마중을 나와

---

40 옛 이름은 포르 나탈. 남아프리카 공화국의 인도양 쪽 항도. 지금은 무역항이다.

총독의 축하 전문을 건네주었다. 놀랍고 당황스러웠다. 프랑스 영토에서 이런 환영은 익숙하지 않았기 때문이다. 타히티에서, 고위 인사들은 내가 항구에 나타난 것을 무시하는 편이었다. 전화로 언제 내가 그의 전문에 감사차 찾아볼 수 있겠느냐고 총독에게 문의했을 때, 그는 이미 30킬로미터 떨어진 자기 저택을 출발했다고 답했다. 나는 배를 서둘러 정리하고 총독의 방문에 대비했다.

사무장을 대동하고 나를 맞이한 총독 르피케 씨는 큰 후의를 보였다. 하느님의 가호로, 그는 공식 환영식을 생략하기를 바라는 내 뜻을 존중하고서, 대신 이틀 뒤 점심에 초대하겠다고 했다. 또 필요한 수리를 하도록 항구의 선착장도 내주었다.

그가 찾아온 동안 굉장한 군중이 부둣가로 몰려들어 호기심 어린 눈으로 나를 들여다보았다.

나는 샤워를 하고 항구의 의사 댁에서 점심을 먹는 동안 잠시 군중을 피했다. 하지만 전보가 넘쳐들기 시작했다. 언론기관, 스포츠 단체, 영국 영사관, 여러 개인에게서 날아온 것들이었다. 얼마 지나지 않아 생 드니에서 열차가 수많은 구경꾼을 싣고 들어왔다. 내가 끔찍이 싫어하는 사람들이다. 기자들도 있었다. 다행히 내가 인터뷰를 혐오하는 줄 알고 나를 점잖게 내버려두었다. 모든 사람들이 나를 초대하고 대접하고 싶어 했다. 언론조합과 여러 스포츠 단체와 협회가 섬을 안내하겠다고 나섰다. 여러 달 묵는다고 해도 그들이 원하는 것을 다 할 수는 없을 것이다. 나는 모든 것을 사양 하기로 했다. 단호하게 내 뜻을 밝혔다. 피레크레를 수리하는 일을 해야 하고, 틈틈이 체력 관리를 위해 운동도 해야 한다고.

작업을 시작하자마자, 철사 선구의 여러 부분을 제거해야 하 고, 녹슨 쇳덩어리를 들어내고 바꿔야 했다. 피레크레 동체는 대체 로 양호했지만 금속 부분만은 열대의 지독한 습기에 심각하게 시 달렸다.

C. P. R.(레위니옹 항만철도)의 수리 공장 금속 전문가들은 탁월했다. 닻도 제작하고 있었다. 이 섬에선 범선은 전혀 찾아볼 수 없었다.

그 이틀 뒤, 나는 조금 쉬면서 총독의 초대에 응해 점심때 찾아 갔다.

아침에 그의 사무장이 승용차로 데리러 왔다. 길은 그림처럼 아름다웠다. 깊숙이 파인 산허리를 끼고 도는데, 고개를 오르락내 리락하면서 줄곧 구불구불했다. 우리는 '새끼염소 골짜기', '불운의 골짜기' 등 환상적인 이름을 가진 협곡을 통과했다. 또 30킬로미터

쯤을 달리고 나서부터 높이 내려다보이는 경치가 절반쯤 줄어들었을 때, 1,000미터 고도의 경이로운 산마루에 도착했다. 우리 발 아래쪽으로 생 드니 시내와 거대한 수평선과 레위니옹 연안의 빼어난 경치가 한눈에 들어왔다. 평지를 향해 다시 구불거리는 길을 한참 내려가 마을에 도착했을 때, 수많은 자동차와 마주쳤다. 디오니소스 같은 주민들이 거리마다 넘치는 듯했다. 그들은 내게 호기심을 보였다.

특히 식민지 투구를 쓴 사람들이 놀랍도록 많았다. 누구나 그 모자를 썼다. 어린아이들조차 그 모자를 쓰고 태어나기라도 한 듯 했다. 당연히 나는 모자를 쓰지 않았으니까 놀라워 보였을지 모른다. 레위니옹에서는 햇살을 두려워하는 모양이다. 어쨌든 햇볕은 다른 곳과 마찬가지로 그렇게 위험하지 않은 것만은 아니었다.

전설적인 테니스 선수 롤랑 가로스의 기념비 앞에 잠시 머물렀다. 생 드니는 그의 고향이고, 그는 마치 새처럼 날았던 맨 처음 인물이다. 우리 학창시절의 꿈같은 영웅 아니던가! 우리는 한 집으로 들어가 섬의 보몽 주교와 영국 영사, 생 드니 시장을 비롯한 인사들을 만났다. 이어서 시청 방명록에 서명했다.

르피케 총독 부부와 즐거운 점심식사를 하면서, 나는 그가 잘

아는 발리스 섬 이야기를 화제에 올렸다. 그는 전에 누벨칼레도니 총독을 지냈다.

나는 오후에 테니스 부문에서 뛰어난 체육인 브랑라 씨와 한 판을 겨루었다. 그는 과거 초창기 럭비의 국민 영웅이었다. 코트는 놀랍도록 훌륭했다. 수많은 사람들이 우리 경기를 관전하러 왔다.

나는 저녁에 레위니옹 항만철도 책임자와 함께 그가 특별히 준비한 열차편으로 데 갈레 항으로 돌아왔다. 철도는 긴 터널을 지났다. 수많은 힘든 공사를 했을 것이다. 여러 요청이 들어왔지만, 나는 단 하룻밤도 피레크레를 떠나고 싶지 않았다. 이렇게 모든 사람들의 커다란 후의로 잊을 수 없는 추억을 남기고 하루를 지냈다. 문명국에서 내가 이렇게 큰 명예와 축하를 받은 적은 없었다.

아무튼 이런 일이 내가 체류하는 동안 계속되었고, 나는 항상 어디서나 사람들의 정다운 환영을 받았다.

그래도 나는 데 갈레 항과 피레크레를 거의 떠나지 않았다. 수리 작업에 매달려야 했기 때문이었다. 총독이 내준 승용차로 생 드니를 드나든 것은 그저 테니스와 축구를 하면서 쉬려고 했을 때뿐이었다. 올림픽 서클이라는 모임에서 나를 명예회원으로 추대했다. 나는 다른 꿍꿍이 없이 운동을 즐기는 청년들과 어울리면서 너

무 행복했다. 그래도 축구장은 고르지 않고 미끄러워 경기를 하기
가 매우 힘들었다.

나는 여러 단체에서 내게 주는 선물과 섬 방문 제안에도 일일
이 응하지 못해 아쉬웠다. 그런데 어느 날 고교생 올림픽 축구회원
들이자 애향회원들이 피레크레를 찾아왔다. 우리는 함께 작은 기
차로 초목이 거의 없어 볼품없는 데 갈레 항구를 멀리 떠났다. 우
리는 생 폴을 거쳤다. 섬의 큰 도시로, 바다를 담수로 이어 데 갈레
항처럼 인공적인 부두 건설 준비를 하고 있었다. 마침내 생 질 해
변에 도착했다. 산호초 앞이다. 우리는 햇빛을 즐기며 지쳐 자빠질
때까지 신나는 한나절을 보냈다.

너무나 아쉽게도, 나는 아름답기 그지없는 높은 산과 섬 안을
돌아다닐 시간이 없었다. 모리스 섬 주민들의 초대에도 응하지 못
했다. 그들은 자기네 섬에 나를 데려가고 싶어 했다. 그곳은 영국
이 지배한 지 100년 되었지만 여전히 프랑스 속령이다. 하지만 레
위니옹과 모리스 간의 100마일의 해류와 편서풍을 거슬러 올라가
는 것은 너무 오래 걸릴 것이다. 피레크레를 놓아둔 채 통신선을
얻어 탈 수는 없었다.

이렇게 나는 생 드니에 축구와 테니스를 하러 갈 때나, 베트남

왕자들과 말가슈 기수들의 경마를 보러 갈 때만 내 배를 벗어났다. 어쨌든 고국에서 멀리 떨어져 있어도 여전히 훌륭한 프랑스 사람으로 살고 있는 주민들의 한결같은 환대를 받았다.

5주간 머무는 동안 수리도 끝났다. 섬의 의회에서 레위니옹의 환송의 뜻으로 수리비용을 대신 지불하겠다고 나섰다. 총독이 나를 마지막으로 보러 왔고, 내 출발 직전에도 전문을 보냈다. 라예 선장이 끄는 예인선과 모터보트의 호위를 받으면서, 나는 다시금 11월 18일의 경계를 넘었다. 은밀히 떠나려 했는데도, 친구들이 작별 인사를 나왔다. 친구들은 예인선이 내 배를 떠나보낼 때 나보다 더 감격해했다. 이제 거센 파도가 출렁이는 망망대해에 또다시 혼자가 되었다.

또 하나의 대양, 인도양을 건너며

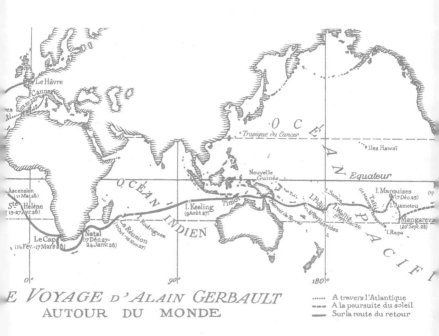

E VOYAGE D'ALAIN GERBAULT
AUTOUR DU MONDE

······ A travers l'Atlantique
━━━ A la poursuite du soleil
━━━ Sur la route du retour

부르봉 섬을 떠난 지 이틀 뒤부터 편서풍이 매우 시원하게 불고 강한 파도가 바람에 출렁였다. 이때 모리스 섬과 레위니옹 사이로 태풍이 거꾸로 몰아쳤다. 더반에서 날아온 전문대로였다. 마다가스카르 해안의 생 뤼시 정박장이 그런대로 안전할 테니까 그곳에 정박하고 싶은 마음이 간절했다. 하지만 이미 열대성 저기압의 계절이었다. 연안의 정박을 위태롭게 할 고약한 날씨 때문에, 원주민을 찾아가려던 계획을 포기하고 말았다. 정말이지 힘든 통로였다. 몰아치는 바람과 출렁이는 바다 이야기만 늘어놓는다면 선상일기는 내내 지겨울 것이다. 그래도 이렇게 요약은 했다.

11월 26일.

거센 물결, 큰 바람, 정오에 지난 지점 남위 25.18도, 동경 48.18도. 15시경 돌풍으로 바다가 부풀어, 파도가 밤새 갑판을 때린다.

11월 27일.

날씨가 웬만하다. 바람은 앞 돛대에서 7부. 바다는 거칠다. 시계 안에 들어와 있지만 안개 때문에 마다가스카르 고봉들이 보이지 않는다.

11월 29일.

17시. 거센 바람이 큰 돛에 실려, 제1사장으로 옮겨 삼각돛을 끌었다. 역류 때문에 바다가 갈가리 찢기며 크게 으르렁댄다. 바람은 남쪽으로 시원하게 분다. 밤새 파도가 갑판을 덮쳤다. 뒤쪽으로 바람이 4분의 3쯤 불고 나머지는 앞에서 부는데, 바하마 제도와 플로리다 만 사이를 흐르는 해류 '걸프 스트림'을 연상시킨다.

30일 수요일.

저녁에 동쪽에서 부는 바람이 늘어났다. 파도는 갑판을 사납게 내려쳤다. 밤사이 바람이 잦아들었다.

험한 날씨를 며칠 겪고 나서 여러 날은 조용했다. 이제 남위 26도상에 와 있다. 편서풍 지역을 벗어났고, 영국인이 '말의 위도'라고 부르는 조용한 적도 지역이다. 조용한 날이 열흘간이나 이어졌지만 지겹지 않았다. 바다에서는 항상 새롭고 예상 밖의 일들이 벌어진다. 하늘이 맑아 많은 것을 관찰할 수도 있다.

이렇게 12월 4일, 바람 속에서 고래 한 마리를 보았고, 그 이튿날 새벽 2시에는 하늘에서 유성을 보았다.

12월 8일, 달이 완전히 이지러진 모습에서 내 계기의 오차를 거의 계산할 수 있었다. 조용하던 바람이 다시 가볍게 불어대면서 아프리카 연안으로 접근하게 되었다. 그러나 이때, 몹시 사나운 서풍의 충격을 빚었다. 이 강풍을 나는 일기에 이렇게 적었다.

12월 4일.

16시. 바람은 시원하고, 바다는 거칠다. 무섭게 해가 떨어지고, 바람이 약해졌다. 23시 40분, 갑판에 나왔다. 바람 한 점 없다. 그러더니 갑자기 서쪽에서 수많은 광채가 번뜩였다. 나는 급히 뱃머리로 달려가 삼각돛을 조였다. 바람은 사납게 불어왔고 첫 번째 삼각돛이 내가 손쓸

틈도 없이 찢어졌다. 빗줄기도 강했다. 뱃전 삼각돛만으로 남쪽으로 도망쳤다. 그런 다음 좌현 아딧줄을 당겨 돛을 줄였다. 11시에 남서풍이 크게 불고, 바다가 불어나고, 밤이 되자 아주 서늘해졌다.

12월 13일, 날이 밝자 생각보다 조금 가까이 아프리카 연안이 나타났다. 강한 해류 때문에 밤새 빠르게 접근했던 것이다. 더반에서 200마일가량 떨어져 있었다. 그러나 거기까지 가자면 여러 날 걸릴 것이다. 바람이 잦아들었다 거세졌다가를 반복했고, 해류는 지도와 다르게 강하게 북쪽으로 흘렀기 때문이다.

12월 15일, 해류가 유난히 강했고, 바다는 험했다. 밤새 꼬박 바다를 지켜봐야 했다. 또다시 안개가 항로를 덮었기 때문이다. 16일 저녁, 구름 사이로 더반 시내의 불빛이 보였다. 이튿날 4시에 나는 달이 뜬 오른쪽으로 더반에서 20마일 떨어진 위치에 있었다. 7시에 블러프 산이 눈에 띄었다. 풍자 작가들이 말하듯이, 이 옛 항구에 도착할 때 가장 놀라운 것이 '허풍' 아닌가. 나는 금세 뒤바람을 맞으며 좁은 해협으로 접어들었고, 마침 큰 예인선이 나를 찾으러 나왔다. 그렇지만 아무런 도움도 없이 항구의 좋은 자리에 정박했다. 29일간의 힘겨운 항해 끝이었다. 삼각돛이 찢어진 것만 빼놓고, 선구에 아무런 손상도 입지 않았다.

닻을 내리자마자 항무관이 내 배로 올라, 특별히 밧줄을 두른 정박 뗏목으로 끌어주었고, 사람들이 기다리던 앨런 코범 경의 수상비행기에 태웠다. 그곳에서는 대체로 수상비행기에서 지냈다.

나는 즉시 왕립 네이털 요트클럽 간사와 회원들의 방문을 받았다. 나는 이곳에 머무는 동안 클럽의 임시 명예회원이 되었다. 더반 만은 매주 찾아드는 경조선에게 이상적이다. 경조 요트들 가운데 가장 인기를 끄는 것은 평편하고, 이동식 가동용골 두 개와 키두 개에 엄청난 속도를 낸다. 하지만, 소시에테, 피지, 누벨기네 제도의 통나무배에는 뒤진다. 조지 굿리치 씨와 요트클럽의 루퍼트 엘리스 브라운 제독은 매년 여름 영국에서 개최되는 경기마다 큰 성공을 거두곤 했다.

여러 동포가 나를 보러 배로 찾아왔다. 나는 더반의 최상급 호텔의 성탄절 저녁식사에 초대받았다. 1년 내내 고독하던 끝에 완전히 어안이 벙벙하다고 할 수밖에 없다. 작은 식탁들에 둘러앉은 수많은 참석자들이 들어찬 식당은 뭐라 설명하기 어렵게 소란스러웠다. 모두들 어린이 같은 놀이를 즐기려 애쓰는 모양이었다. 가짜 코를 달고, 종이모자를 쓰고 카니발 저녁에나 하는 상스럽고 실없는 농담을 하려고…. 음식은 큰 식당에서 평소에 내놓는 것들이었다. 내가 들렀던 몇몇 원시부족의 정성스레 마련한 음식과 비교할 수조차 없었다. 악단은 시끄럽고 귀에 거슬렸다. 타히티 아이들이라면 대나무 몇 쪽으로도 더욱 독창적이고 매력적인 음악을 들려줄 수 있을 테지만.

되레 나를 문명의 적이라고 할지 모르겠다. 하지만 이것이 정녕 문명일까? 나도 정성스럽게 준비한 맛있는 요리와, 참석자들과 지성적이고 유쾌한 대화를 나누는 훌륭한 만찬을 다른 사람처럼 즐길 수 있다. 옆방에서는 악단이 몰래 숨어 은은한 음악을 연주했다. 그러나 이런 것은 요즘 사회에서 더는 볼 수 없다. 나는 이곳에서 다시금 풍습에 따라야 하기에 괴롭다. 또 식당에서 신선한 과일을 먹어본 적도 없다. 항상 남아프리카에서, 거리에서 헐값에 구해 잘들 만들어내는 통조림 과일만 내놓는다. 축음기 소리도 거북하고 즐겁지도 않다. 또 그 소리가 어디를 가나 따라다녀 참기 어렵다. 사실 현대인은 일을 마치고 나면 그저 소음이나 듣고 거기에 취하려고나 한다.

사람들은 아마 내가 남아프리카 사람들이 그토록 자랑하는 도

시의 아름다움을 격찬하기를 기대할지 모른다. 더반은 물론 깨끗하고 정돈된 도시였다. 항만의 환경은 비할 데 없이 훌륭했다. 하지만 항구 주변은 공사와 공장 굴뚝으로 망가졌고, 해안 산책로를 따라 수영하는 사람들을 위한 나무 건물을 세워 바다의 조망을 어디서나 가려버렸다. 분명 이곳의 자연은 프랑스 영불해협 몇 군데나, 이스트본, 브라이튼 또는 어틀랜틱 시티보다는 덜 훼손되었다. 그러나 어디서나 관행을 따르고 있고, 현대 과학의 자원을 풍경의 위엄과 아름다움을 보존하는 데 사용하지 않았다.

피레크레에서 멀지 않은 항구에, 싱가포르 왕립 요트클럽의 '블랙 스완'이라는 120톤짜리 우람한 쌍돛배가 정박해 있었다. 이배는 호주에서 건너와 희망봉을 거쳐 프랑스로 가는 영국 선박이다. 당연히 바다 일에 관해서는 늘 부정확한 신문들이 세계일주 여행에 흥분했다. 이 범선은 항로의 3분의 1도 다 하지 못했을 것 아닌가. 내가 머무는 동안, 피레크레와 블랙 스완의 왕래가 잦았다. 범선 주인 위언 씨 덕분이다.

나는 시내로 걸어 들어가지 않을 때 '릭쇼우'를 이용했다. 바퀴가 둘 달린 인력거로, 뿔 같은 모자를 쓰고 흰색 양발을 신은 줄루족이 끄는데, 미쳐 날뛰는 말처럼 요란하게 달린다. 그래도 자동차보다 더 훌륭한 탈것이다. 이것을 타고 천천히, 우리 시대의 너무 빠른 생활에 제동을 걸면서 가는 것이 좋다.

정박해 있는 동안 나는 피레크레의 선구를 다듬느라 바빴다. 날씨가 나쁠 것 같은 희망봉의 험한 앞바다를 건너기 전에, 가끔 테니스도 치고 이곳에서 알게 된 동포 마쉬 부부의 승용차 편으로 산책도 했다. 남아프리카 시골은 도시보다 훨씬 매력적이었다. 높은 고지와 풍경이 끝없이 펼쳐졌다. 우리는 시골에서 종종 원주민 부락을 지났다. 풀잎을 엮은 소박한 파뉴를 걸친 줄루족은 솔직 쾌활하고 건장하다.

앵글로색슨의 요소가 지배적인 더반 시에서는 백인종과 줄루족의 차별이 심하다. 결국 흑백 혼혈인은 거의 없다.

나는 남아프리카 팀과 친선경기차 방문한 영국 크리켓 팀을 위해 베푼 무용 공연에 초대받았다. 그 자리에서 침략자에 용감하게 맞섰던 흑인의 놀라운 체격과 동물적인 자세의 우아미에 감탄할 수밖에 없었다.

내가 머물던 때 세찬 비가 자주 내렸다. 그래서 테니스를 별로 즐기지 못했다. 아무튼 출발하기 전, 나는 이 지역의 최강 팀과, 내 친구 아서 커비 드 블룀폰테인과 한 조가 되어 복식 한 경기를 치

르었다. 연습도 제대로 못했지만 편안하게 게임을 즐겼다. 경기는 우리가 쉽게 이겼다. 우리의 상대는 더반의 강팀이었지만, 남아프리카의 일급 수준이라고 하기에는 어림없었다. 선수들의 스포츠 정신에도 불구하고, 이 지역의 배타적 애국주의는 놀라웠다. 나는 우리 경기를 전한 신문들을 이런 편견에 딱 맞는 사례로 챙겨두었다. 이런 과격한 쇼비니즘이 남아프리카에서 이방인을 가장 놀라게 만든다. 이 나라가 간직한 특징에 대한 남아프리카 사람들의 감수성은 놀랍다. 신생국들 거의 대부분은 이렇지 않을까 생각된다. 하지만 우선 남아프리카가 어떤 점에서 신생국인지 이해하자면 우선 미국을 가봐야 한다.

출발에 앞서 항구 사무실에 들렀을 때, 내게 항구 체류세를 요구했다. 다른 곳에서라면 전함이든 요트든 보통 면제받는다. 나는 두말없이 지불했다. 그리고 내 항해 중에 남아프리카만이 이런 요금을 지불하라고 한 유일한 곳이라고 하면서, 이 증서를 기념으로 간직할 수 있게 되어 좋다고 말했다. 그러자 공무원들은 몹시 거북해하면서 이 일을 요하네스버그 당국에 알리겠다고 했다.

1월 24일, 내 시계와 계기판에 새 축을 끼워 넣고, 더반 항을 떠났다. 항무장이 큰 보트로 예인을 해주고 기자들을 은밀히 따돌린 출항이다.

폭풍우 몰아치는 희망봉

LE VOYAGE D'ALAIN GERBAULT
AUTOUR DU MONDE

1월 24일. 항무관 초계정의 예인을 받아 나탈 항을 떠났다. 가랑비가 내렸다. 좁은 해협에서 물결이 힘차게 출렁댔다. 부두 끝으로 친구들이 환송을 나와 작별 인사를 보냈다. 항구 밖 몇백 미터까지 보트가 나를 끌어주었다. 돛을 높이 올리자 바람은 금세 잦아졌다. 저녁과 그 이튿날 낮에, 피레크레는 해류를 타고 남쪽으로 이동하는 파도에 힘차게 실려 순항했다. 그 다음다음 날, 나는 강한 북동풍을 받아 공미리 떼가 해류를 타는 것을 보았다. 바로미터는 745밀리미터까지 뚝 떨어졌다. 저녁에 바람이 몹시 강해져, 할 수 없이 모든 돛을 거두고 뱃머리 삼각돛만으로 운항하며 돛을 붙들고 있었다.

48시간 가깝게 돛을 잡았다. 바람을 비스듬히 맞는 해류 때문에 바다가 매우 험했다. 창틈에 기름 먹인 방수포를 끼웠지만, 물이 안으로 흘러들었다. 버뮤다 해역의 '시 클론'을 제외하면, 피레크레가 만난 가장 험한 날씨였다. 그런데 희망봉에 도착해서, 나는 이스트 런던과 엘리자베스 항구 사이의 연안을 자동차로 여행하던 한 친구의 편지를 받았다. 바람이 사납게 몰아치며 밀려드는 먼지 때문에 몇 시간을 길에서 멈춰야 했다고 해서, 너무나 걱정스러웠다.

지도상으로 바람은 이 계절에 대체로 훈풍이라고 했다. 언제나 그랬듯 이런 정보는 전혀 맞지 않았다. 내가 항해하는 동안 평균 48시간씩 교대로 이어지는 강풍과 순풍을 만났을 뿐이다. 2월 5일에 나는 해안에서 60마일 거리에서 해류를 벗어나, 데 제기유 어장에 도착할 때까지 강한 물결을 탔다. 그 이틀 뒤, 서쪽에서 강풍이 불어와 남서쪽으로 선회하는 동안, 나는 큰 돛을 접어둔 채 삼각돛으로만 운항했다. 그 이튿날 아침, 데 제기유 곶 동쪽에서 육지가 조금 보였다. 밤사이에 상당히 북쪽으로 벗어났던 것이다. 바다는 거칠고, 파도는 10미터 이상 푹 꺼지기도 했다. 예망어선 '리처드 캠벨호'가 내 주변을 돌면서 신호를 보냈다. 나는 그때 온통

높은 파도에 휩싸여 있었다. 그 배는 움푹 꺼지는 파도 속으로 일
순간 사라졌다. 그 추진기가 물 밖으로 보였다. 나는 사진 몇 장을
찍었고, 배는 멀어졌다. 그런데 온종일, 밤에 절정에 이르기까지 바
람과 바다가 더욱더 불어났다. 그사이 돛대 높이 매달린 채 높은
파도가 돛대 끝보다 높이 솟는 것을 보았다. 아마 14미터쯤 될 것
이다. 나는 항해일지에 이렇게 적었다.

2월 9일, 목요일.

조용하다. 기선 여러 척이 보였다. 밤에 데 제기유의 불빛을 보았다.

2월 10일, 금요일.

조용한 편이다. 서풍이 더욱 잔잔하다. 연안에서 5마일 지점에서 곶
을 보고 있다. 오후에 바람이 시원하게 불고, 바다는 깊다. 붉은 석양
이 내일 불 바람을 예고한다.

11일, 토요일.

3시 30분에 기선들이 보였고, 6시 30분에 북서풍이 강하게 불었다. 9
시에는 돌풍이 불었다. 선수의 두 번째 삼각돛이 찢어져 끌어내려 수

남아프리카 희망봉 앞바다 서쪽 해상에서 만난 폭풍우 속에서

선했다. 큰 돛을 다섯 바퀴나 감았다. 바다가 크게 울렁댄다. 점심 때 바람은 서쪽에서 불어댄다. 위치는 35.8도 남, 19.13도 서. 피레크레는 오후 2시에 강한 파도에 실려, 돛은 꼭대기까지 물에 젖고, 바다는 지독히도 거칠었다. 파도는 사방에서 몰아치고, 나는 큰 돛을 일곱 번이나 감았다.

12월 12일.

바람이 잦아들고 남쪽으로 돈다. 낮에는 잠잠하지만 물결은 높게 출렁인다. 휴대용 풍로 프리무스가 물에 젖어 고쳤다. 저녁에 바람은 남동에서 시원하게 불었다. 춥다.

13일, 월요일.

아침 전에 달을 보면서 확인한 위도는 35.1도. 잘못된 것 같았다. 해도에서도 북쪽 해류를 예상했다. 그런데 나는 아침 내내 뱃전을 잡고 있다가, 점심때에야 행클립 곳을 보았다. 수치가 틀리지는 않았다. 내 관찰은 정확했다. 눈앞에서 2노트 속도로 남쪽으로 흐르는 해류를 보았기 때문이다. 오후 4시, 나는 마침내 희망봉을 지나 밤에 돛을 끌어내리고 북쪽으로 흐르는 물살을 차분히 타고 흘렀다. 바닷새들이 수없이 많았다. 밤새 채프먼 만 쪽으로 끌려가는 동안 바다표범 떼의 투덜대는 외침을 들었다. 이튿날, 바람이 잦아들고 연안 앞을 지났다. 장엄한 봉우리들의 비할 데 없이 멋진 모습에 감탄하면서, 포르투갈 시인 카모엔스의 경이로운 묘사가 떠올랐다.

나는 가벼운 바람을 타고 '그린 포인트'를 거쳐 제방에 안착했다. 오후 5시였다. 신호기가 보였다. 항무관 한 사람이 나와 나를 빅토리아 정박장에 자리 잡아주었다.

2월 11일이었다. 3주 동안의 어려운 항해가 끝났다. 조용하다가, 계절에 어울리지 않게 비정상적인 역풍과 고약한 날씨가 번갈아 되풀이되던 기간이었다. 그래도 피레크레는 끄떡없었다. 희망봉의 신문에서 나와 같은 날 도착한 초대형 기선 여객들의 인터뷰를 읽고 웃음이 나왔다. 그들은 굉장한 폭풍우를 만났다고 불평했다.

피레크레는 한 달 동안 희망봉 제방에 눌러앉아 있었다. 남동쪽에서 몰아치는 돌풍에 휘날리는 끔찍한 탄가루와 기선들 한복판이다.

왕립 케이프 요트클럽의 제독과 그 회원들이 나를 찾아왔다.

희망봉의 항구

경조를 전문으로 하는 더반 요트클럽과는 반대로, 케이프에는 여러 순항 요트클럽이 있다. 그 회원들은 피레크레와 내가 이제 어느 정도 끝낸 새로운 항해의 꿈같은 계획에도 큰 관심을 보였다. 케이프 변두리에서 사는 영국 해군 제독도 내 배까지 찾아왔다.

나는 도착하자마자 피레크레를 건조한 상태로 개수하기 위해 개인 수리창의 건선거(乾船渠)에서 정비했다. 선체가 너무 더러웠다. 구멍 난 수많은 동판들을 교체하고, 이곳에서 구할 수 있는 유일한 금속인 뮌츠 금속으로 바꾸었다. 철판을 씌운 키의 굴대는 좀조개에 완전히 먹혀, 다른 쇠붙이로 바꿔야 했다. 피레크레가 물에 뜰 만한 밀물이 들기를 기다리면서, 아흐레 동안 수리창에 기대놓았다. 하지만 항구 당국은 친절하게 나흘치에 해당되는 비용만 청구했다. 도착했을 때 나는 정부의 전언을 받았다. 내가 더반에서 지불했던 정박 비용을 환불하고, 케이프 체제 시의 비용을 면제하겠다고 했다.

피레크레가 건선거에서 대기할 때, 나는 선구를 완전히 손보고 페인트도 여러 번 두껍게 칠했다. 브루스, 이니프레드 하바드와 브루스. 케이프 공연장에서 일하는 미국인 곡예사 브루스가 종종 샌프란시스코 만의 요트 이야기를 해주러 왔고, 페인트칠 마무리를 거들었다. 어느 날, 내가 페인트를 벗겨내면서 더러운 일을 하고 있을 때, 한 영국 선원이 나를 찾아와 즉시 복장을 갖추고 와달라고 청했다. 장교들이 점심을 함께하자고 영국 통보함 '월 플라워' 선상으로 초대한 것이다.

놀랍게도 건선거 사용료는 얼마 되지 않았다. 내 여행 중에 개인 회사에서 공정한 대우를 받은 것은 이번이 처음이다. 나는 보통 항상 이용당했을지 모른다. 가는 곳마다 요란한 경기와 중요한 보상이 따르는 터무니없는 전설을 덧붙이곤 했기 때문이다.

장엄한 산을 배경으로 테이블 고원에 자리 잡은 케이프 시는 흥미롭지만 그리 아름답지는 않았다. 고원이 눈에 덮일 때 남동풍은 돌풍으로 몰아치고, 거리에 큰 먼지를 일으키면서 갖가지 수많은 오물을 날렸다.

남아프리카 식민지로 이주해 정착한 네덜란드 사람들인 보어인이 대부분인 케이프는 영국풍의 더반과 달랐다. 나탈에서 줄루족은 순수하고 아름다운 종족이었지만, 케이프에서 그들은 누더기를 걸친 불결한 혼혈인처럼 보였다. 신체도 나약해지고.

나는 곧 떠날 채비를 했다. 내 친구 장 보로트라의 초대에 응하지 못해 아쉽기는 했다. 그는 호주와 남아프리카에서, 프랑스 테니스 팀 경기에 출전하도록 기다려달라는 전문을 보내왔다.

3월 17일, 나는 다시 바다로 나갔다. 친구 중 하나가 내 출발 장면을 영화로 촬영하고 싶어 했기 때문에, 나는 항무관의 보트로 내 배를 매우 붐비는 케이프 선창 밖으로 끌어내기로 했다. 나 혼자서 배를 띄우기를 좋아하지만, 내가 닻을 올리는 동안 후진하지 않도록 그 보트를 이용할 생각이었다. 그렇지만 모두들 돛을 올리는 것을 도우려고 나섰다. 그런데 갑자기 남쪽에서 시원한 돌풍이 불어왔다. 피레크레는 8노트로 가속이 붙어 나를 예인하려던 보트가 되레 끌려왔다. 그래서 보트와 이어진 밧줄을 늦추어야만 했다. 나는 예상과 어긋나게 선창의 출구에 두 사람을 내려놓을 수밖에 없었다. 원하는 촬영 결과를 얻지 못했다. 나 혼자서 배를 모는 모습은 당치도 않았다.

항구를 벗어날 때 불던 시원한 북서풍이 갑자기 잦아들더니 짙고 흰 안개 속으로 조용히 빨려들었다. 14시쯤부터 바람이 다시 불고 안개가 걷히면서, 로빈 섬이 보였다. 그러다가 또다시 짙은 안개에 휩싸였고, 연안으로 몰리는 거센 물결을 걱정하면서 완전히 나침반에만 기대 배를 몰아야 했다. 모든 것이 잘 지나갔다. 밤에 로빈 섬의 불빛을 뒤로하고 연안의 험로를 벗어났다.

케이프에서 세인트헬레나 섬까지는 새가 나는 거리로 2,000마일쯤 된다. 이 항로에 처음 접어들면서부터 바람은 불규칙했다. 다른 때와 다르게 뇌우를 많이 만났다. 3월 30일에서야 위도 27도상에서 편서풍을 만났다. 기온이 꽤 오르면서 여기저기에서 크고 작은 말썽이 생겼다.

4월 19일 새벽, 30마일 전방에 세인트헬레나 섬의 봉우리들이 나타났다. 나는 섬의 북동쪽을 끼고 돌았다. 가파르고 황량한 절벽이었다. 또 다른 연안 쪽에서 바람이 가볍게 불었지만, 산골짜기를 빠져나오는 작은 돌풍일 뿐이었다. 나는 15시에 제임스 만에 정박했다. 그림 같이 고운 제임스타운 시 앞에, 두 개의 산에 둘러싸인 깊은 계곡의 품에 안착했다. 케이프를 떠난 지 33일 만이다.

세인트헬레나 섬은 빈번히 드나드는 관광객 때문에 모든 점에서 불편했다. 상륙하자마자 사람들은 그림엽서와 기념물을 팔려고 달려들었다. 여러 인종이 뒤섞여 사는 주민 대부분이 한때 드나들던 영국 선원의 자손이거나, 옛날에 이곳에서 일하던 노예의 자손이다. 정직하고 흥미로운 사람들로 보였다. 몸집은 좋았지만 다소

쇠약해보였다. 아이들의 신체 발육도 열대지방치고는 더딘 듯했다.

제임스타운의 좁고 깊은 계곡은 비옥하고, 식물들은 주위를 둘러싼 거친 적갈색 바위들과 대조를 이루었다. 어느 날, 나는 말을 타고 섬을 돌아보았다. 길은 산허리에 뚫려 있었다. 거대한 공사를 벌였을 것이다. 높은 지역의 식물은 완전히 유럽과 같았고, 목화밭도 영국에서 보는 것과 다름없었다. 산의 양쪽 기슭이 만나는 섬의 최정상 봉우리에 오르자 시원하고 힘찬 편서풍이 불었다. 600미터에 불과한 고도인데도 춥고 습했다. 발 아래 풍요로운 롱우드 계곡이 펼쳐졌다. 더 아래 깊은 골짜기에는 나폴레옹의 무덤이 있다.

나는 솔직히 롱우드의 주택가를 찾을 꿈은 꾸지 않았다. 관광객이나 안내인이 드나드는 곳을 참기 어렵기 때문이다. 나는 천천히 경건하게 돌아다니는 것으로 만족했다. 죄수가 된 황제가 산책하던 자취가 남은 오솔길을 혼자 생각에 잠겨… 그러고 나서 배로 돌아왔다.

내가 머물 때, 여객선 한 척이 들어와 수많은 관광객을 내려놓았다. 저녁에는 내 작은 고무보트를 타고서 뭍에서 2마일쯤 떨어진 곳을 돌아다녔다. 근처의 함정 곁을 지나자 장교들이 올라와 함께 저녁식사를 하자고 말을 건넸다. 저녁 10시에 전함이 떠나고 배로 돌아왔을 때, 행인들이 내게 환호하며 인사를 건네고, 프랑스 국가 '마르세예즈'를 흥얼거렸다. '글렌군 캐슬호' 선장 하베이 씨는 피레크레를 찾아와 한참동안 내 항해도구와 항해법에 관심을 쏟았다.

4월 27일, 영국 주둔군 병사들과 세인트헬레나 원주민 팀의 축구 한 경기를 벌인 뒤에, 나는 배로 돌아와 어센션 섬을 향해 닻을 올렸다. 800마일쯤 떨어진 곳이다. 편서풍이 가볍게 뒤에서 불어와, 항로를 계속 바꿔야 했다. 14일 만에 어센션의 고봉들이 보였다. 섬으로 접근하자 들쑥날쑥 거칠고 시커먼 모습이었다. 아무튼 새로운 봉우리들, 새로운 만을 발견하는 것은 늘 한결같은 기쁨이다. 나는 14시에 섬의 북동쪽 곶의 난바다 정박소에 도착했다. 보트 한 척이 나를 마중 나왔다. 두 봉우리 사이로 그린 마운틴 정상이 보였다. 푸른 산인데, 섬의 가파르고 울퉁불퉁한 정상을 지배하는 구름 한복판의 오아시스 같다.

나는 서쪽 연안을 따라 편서풍을 피했고, 물살에 난바다로 떠밀렸다. 그렇지만 통신사 모터보트가 내게 접근해 나를 조지타운 주택가 앞의 선턴 항 부두에 닻줄을 걸게 도와주었다.

어센션 섬은 오랫동안 영국 해군이 주둔했다. 대영제국의 '스톤' 호위함대 소속이다. 지금은 영국 통신사가 행정을 맡고 있고, 세인트헬레나 섬에서 건너온 직원들만 살고 있다.

고무보트에서 내리자, 선창에 모인 식민지 주민들이 열렬하게 맞이했다. 이미 코코스 제도와 로드리게스 제도에서도 통신사의 환대를 받았지만, 이번의 환영은 그보다 더했다.

회사 책임자, C. F. 버렐 씨가 즉시 나를 챙겨주면서 기분 좋은 날들이 시작되었다. 회사는 훌륭한 식당, 도서실, 당구장, 골프장, 테니스장, 크리켓, 하키장을 고루 갖추고 있었다. 통신수단의 기계화로 인원이 줄어들면서, 이들은 단체 경기를 할 수 있는 수가 못 되었고, 세인트헬레나 원주민에게 경기를 가르치고 있었다. 원주민은 운동장에서 그들을 거드는 봉사자이자 경쟁자다. 이들은 신체 단련과 건강을 위한 해수요법의 관습을 전해주면서 큰 도움을 준다.

이런 방법을 태평양에 있는 프랑스 속령의 섬들에도 활용한다면 매우 유익할 것이다. 원주민의 신체적 퇴화와 인구 감소에 대응하는 유일한 방법일 것이다.

섬에서 테니스를 칠 수 있을지도 모른다. 시멘트 코트가 무척 훌륭했다. 하지만 극심한 편서풍에 경기를 제대로 할 수 없었다. 그 대신 나는 내가 좋아하는 축구를 즐겼다. 테니스보다 체력을 훨씬 더 많이 쏟아야 했다.

도착하고 나서 며칠 뒤에, 우리는 푸른 산 위로 등산을 떠났다. 화산 암반을 뚫은 길은 해군의 거대한 공사 덕분이다. 산의 높은 곳에서 물을 끌어들인 운하로 여기저기에 저수지를 조성했다.

산을 걷는 데 익숙지 못한 나는 해발 2,000미터 지점의 휴게소에 도착했을 때 상당히 지쳐버렸다. 그곳은 춥고 습했다. 식물은 완전히 유럽 것이었다. 키 작은 나무들과 또 이끼 낀 땅바닥에서 강한 습기가 흘러나왔고, 유럽식 농가와 채소밭과 동물들이 있었다. 나는 저녁에 샤워를 한 뒤에 적도 남쪽으로 남위 7도 선상에서, 장작불 앞에서 몸을 덥히는 역설적인 즐거움을 맛보았다.

이날 밤, 나는 버렐의 고집에 못 이겨 예외적으로 피레크레로 돌아가 자지 않고, 이곳에서 매력적인 동료들과 유쾌한 저녁을 보냈다.

이튿날 새벽, 용암과 화산재로 이루어진 섬의 거친 표면을 보았다. 기이한 봉우리들도 40여 개에 달했고, 그 이름은 '악마의 등산학교' 식으로 괴상했다. 멀리 가장 아래쪽이 조지타운 정박장이고, 작은 곶이 보였다. 피레크레가 계류부표 곁에 떠 있었다.

클레런스 만의 파도는 항상 거셌다. 배편으로 들어오는 방문객은 극히 불편해하고, 한시바삐 땅을 밟고 싶어 하기 마련이다. 뿐만 아니라 대양 한복판에 고립된 여러 섬마다 '룰로' 즉 '해변으로 굴러드는 통'이라고 부르는 거친 파도도 종종 일어난다. 아무런 명확한 원인도 없이 조용한 시간에 높은 물결들이 해안에서 1~2마일 떨어진 곳에서 형성되어 맹렬히 몰려들었다. 그리고 수 미터에 달하는 높이로 선창 끝 계단에 부서진다. 이런 상황에서 상륙은 극히 어렵다. 그래서 나는 항상 고무보트를 타고 계단 위로 올라, 물 밖으로 뛰어내린다.

뭍에서 자라는 친구들의 권유에도 나는 항상 배로 돌아가곤 했다. 바다가 너무 거친 단 하룻밤만 예외였다.

세인트헬레나와 남아프리카 기선이 도착하던 날이었고, 트랙터가 있었다. 밧줄을 둘러 사람들이 그들의 배로 접근하지 못하게 했다. 커다란 바다거북들이 상륙하는데, 비료로 쓰는 이놈들의 조분석을 가공하는 것이 이 섬의 유일한 산업으로 매우 흥미로웠다. 거대한 거북이들은 무게가 500킬로그램이나 나가고 지느러미로 몸을 끄는데, 기중기로 들어 올려 거룻배에 내려놓는다!

섬의 또 다른 매력은 만의 고기잡이. 모든 크기 모든 종류의 물고기가 넘친다. 나는 종종 피레크레 곁에서 쥐치의 일종인 '발리스트 부니바' 떼를 보았다. 소리 내는 일종의 북 같은 기관이 붙어 있어, 그것으로 가슴지느러미를 빠르게 움직여 진동음을 낸다. 이놈과 비슷한 '발리스트 베톨라'는 색깔이 훨씬 더 요란하다.

어느 날, 거룻배가 피레크레 곁에 정박했다. 내 친구 하나가 낚시로 4분의 3톤쯤이나 되는 거대한 상어를 잡았다. 나는 놈에게 총질을 몇 차례 했지만 소용이 없었다. 우리는 그 꼬리를 따라 1해리를 끌려갔다. 하지만 그놈을 잡아 올리기 전에 그 사나운 동족 세 마리가 피 냄새를 맡고 쫓아와 그놈을 슬슬 공격하더니 토막 내기 시작했다. 나는 믿기지 않는 이 괴물의 활력을 전한 여행자들의 비상한 이야기들이 허풍이 아니었음을 알게 되었다. 놈들이 그 내장을 죄다 집어삼키고 꼬리만 남았다. 척추와 살이 조금 붙은 대가리와 내장 일부가 붙어 있었다. 그런데 믿을 수 없는 것은 이 거대한 짐승이 죽지도 않은 채로 눈을 껌뻑이면서 갈가리 찢기는 것을 싫어하지 않는 듯했다. 우리가 대가리를 갑판으로 옮기려고 척추를 자르자 그때서야 완전히 죽었다.

이렇게 짧은 체류 기간은 금세 지났다. 최상의 동료들과 어울리면서 더 오래 머물 수 없어 못내 아쉬웠다. 서로 무심한 큰 나라들에서는 여러 달씩 머물러야 하지 않은가. 사실 어센션 섬에서 영국 통신사 직원들의 환대는 이번 항해 중에 손꼽히는 즐거운 추억이다. 떠나는 날 저녁의 환대는 극진했다. 우리는 수없이 건배하면서, 아쉬움 속에 떠나는 나도 이 흐뭇한 회사의 일원이 된 기분이 들었다.

5월 26일, 아침, 산들바람을 맞으며 출항했다. 전날 저녁, 나는 세인트헬레나, 어센션, 트리스탄 다쿠나 섬의 주교가 참석한 가운데 통신사 책임자와 함께 만찬을 즐겼다.

대서양 어센션 섬에서, 피레크레 호로 찾아온 전선회사 직원들과 함께.

북반구로 돌아오다

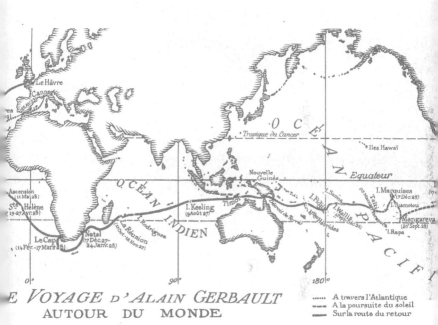

E VOYAGE D'ALAIN GERBAULT
AUTOUR DU MONDE

..... A travers l'Atlantique
— A la poursuite du soleil
▬▬ Sur la route du retour

어센션에서 아프리카 서쪽 대서양의 캅 베르 제도[41]까지 기나
긴 여로는 특히 험난했다. 남쪽에서 부는 편서풍 지역에 들어서서,
목적지 캅 베르 제도의 하나인 산빈센테 섬까지 북동 편서풍을 맞
았다.

　이곳은 비바람이 치다가 잔잔해지기도 하는 짙은 물안개 지역
이다. 게다가 캅 베르에서는 1해리 이상 내 진로와 반대 방향으로
물이 흐른다. 결국 유럽행 범선들의 실제 항로는 더 서쪽의 아코르
제도 방향으로 치우친다. 그렇지만 나처럼 속도가 느린 배로 그런

41　현재의 카보베르데. 이곳은 아프리카 서쪽 대서양에 10여 개의 작은 섬들로 구성된 제도로, 대
　　서양 항로의 중간 정거장이다. 카보베르데 공화국은 1975년 포르투갈로부터 독립했다.

항로는 너무 멀고 용수도 떨어질까 걱정이었다.

남쪽에서 불어오는 편서풍은 무척 가벼웠다. 나는 때때로 적당한 물살을 받으면서 화요일이던 3월 5일 아침 8시에 적도를 넘었다. 남반구 바다에서 3년을 보낸 끝이었다. 주변에 물새와 물고기가 수없이 많았다. 항해 중에 갑판에 자주 왜오징어의 일종인 작은 두족류들이 기어 올라왔다. 바닷물에 휩쓸려 팽개쳐졌다고 생각했지만, 놀랍게도 물 위에 떠 있던 요놈들이 바람을 타고 정말이지 날아올라 갑판에 들러붙었다. 이날 밤, 나는 3년 만에 처음으로 북극성을 보았다.

나는 6월 11일까지 남쪽에서 부는 미풍을 받으며 순항했고, 북서쪽으로 흐르는 해류를 탔다. 이것은 영국 해군이 해도에 그려놓은 표시와 반대 방향이었다. 이날 나는 북위 5도 선상에서 편서풍을 완전히 놓치고, 끔찍한 농무 지역으로 빨려들었다. 억수 같은 빗줄기가 쏟아지다 개다가, 천둥이 치곤 했다. 그 길에 기선들이 보였다. 기선이 보이지 않는 날이 거의 없었다는 것도 놀라웠다. 기선들은 바다에서 내 모습에 전혀 관심조차 두지 않았다.

나는 줄곧 돛을 올렸다 내려다 했다. 습한 열기 때문에 선구는 심하게 훼손되었다.

6월 18일, 차분한 날씨였다. 나는 고래 같은 검은 물고기 수백 마리에 둘러싸였다. 이놈들은 칼처럼 커다란 등지느러미에 대가리는 네모반듯했다. 놈들은 수평선을 감시하듯 완전히 수직으로 물 속으로 뛰어들면서 작은 눈으로 나를 노려보았다. 이런 동작은 영국인이 '피치 폴링'이라고 하는데, 향유고래의 특성이라고 잘못 설명하는 사람들도 있다.

6월 21일, 상어 한 마리가 오랫동안 나를 좇아왔다. 거대한 외투홍어도 함께 따라왔다. 홍어는 폭이 12미터쯤 되는데, 놈이 따르는 상어보다 더욱 무시무시해 보였다.

북위 10도 선상에서 가벼운 산들바람이 북쪽에서 불었지만, 역류가 흘러 갈 길은 더뎠다. 북동쪽에서 부는 편서풍을 느끼기 시작한 것은 7월 3일부터였다. 이날, 나는 정오 전에 뭍을 보았다. 브라바 섬이었다. 계기판 시계가 늦게 작동했다. 점심과 저녁 10시 사이의 역류 속도는 평균 4노트가량이었다. 남쪽 별을 보면서 내가 통과하는 지점의 위상을 확인했을 때까지 같은 속도였다.

7월 6일, 산안토니오 섬과 산빈센테 섬이 보였다. 하지만 그 둘 사이의 해협에서 그만 바람을 놓쳤다. 다음날, 북동풍이 차츰 불어나면서 미풍이 불었다. 해질녘에 폭풍 때문에 피레크레의 창틈으로 물이 들이칠 만큼 바닷속으로 자빠졌다.

이어서 바람은 계속 시원하게 불었지만, 때때로 강해지기도 했다. 나는 끊임없이 지그재그로 이 섬, 저 섬 사이로 배를 몰았다. 3노트의 역류를 버티면서 느리게 전진했다.

뭍에 가까워서도 키 손잡이를 놓지 못했다.

7월 9일 월요일, 바람이 수그러들었고 밤에 미풍이 되었다. 나는 산빈센테 섬 곁으로 뱃머리를 돌렸다. 산안토니오 해안에서 5마일 떨어진 곳이다. 이곳이라면 편안히 쉴 수 있을 줄 알았다. 나는 세 시간쯤 잠이 들었다가 가벼운 충격에 깨었다. 갑판으로 뛰어나가기 전에 즉시 무슨 일인 줄 알았다. 산안토니오 섬 불과 몇 미터 앞에서 산호초에 부딪힌 것이었다. 믿기지 않았다. 하지만 빤한 사실이었다. 잔바람뿐이었다. 옆으로 흐르는 강한 물결이 나를 연안으로 밀었던 것이다. 몇 초 만에 피레크레는 해안에 누웠다. 돛대가 거의 절벽에 닿았고, 발을 적시지도 않고 땅을 밟았다. 자정이었다. 바다는 다시 가라앉기 시작했고, 보트로 닻을 정박하려고 해봐야 허사였다.

운명이었다. 불가피했다고 받아들이자. 만약 강풍이라도 불어닥쳤다면 피레크레를 잃고 말았을 것이다. 내가 항해를 잘못하지는 않았다. 하지만 섬 너무 가까이에서 잠들어 위험을 자초했으니 이런 결과를 감내해야만 한다. 키를 잡고 위험한 투아모투스 열도와 토레스 해협을 건너왔는데, 정말이지 이런 해협에서 좌초했다는 것이 당혹스러웠다. 단독 항해는 아주 위험하다. 기선도 망루에서 전방을 감시하다가도 좌초하기도 한다. 만약 내가 잠을 자지 않았더라도, 땅으로 밀어낸 강한 해류에 버티지 못했을 것이다. 마찬가지로 역사상 가장 뛰어난 선원으로, 정예 대원들과 함께 막강한 범선을 이끌던 쿡 선장도, 자신의 배를 예인하기 위해 티우티라와 타히티 사이의 만에서 산호초에 부딪혔던 물결을 버텨낼 수 없었다.

밤새 파도가 피레크레를 덮쳤지만, 자리를 이동시키거나 부수지는 못했다. 여명에 바다가 잔잔해졌을 때, 나는 해안 절벽으로 올라갔다. 주위 풍경은 완전히 삭막했다. 높은 산들이 눈앞에 펼쳐

지며, 두 산줄기 사이로 수 킬로미터 거리에 작고 흰 집이 보였다. 초목은 없었고 모래와 자갈뿐이었다. 그런데 북동쪽 5마일쯤에서 약간 녹음에 둘러싸인 작은 마을이 보였다. 그곳에서 산빈센테 섬까지 갈 수단을 얻고 예인선을 구할 수 있으리라. 센 물결이 피레크레를 작살내기 전에….

우선 나는 눈길도 끌고 피레크레의 정박을 안전하게 확보하려고 노로 돛대 모양의 배 같은 형태를 만들어 절벽에 세웠다. 누군가 왔으면 하는, 그래서 그를 마을로 보낼 수 있으면 하는 마음이 간절했다. 배를 놓아두고 다른 곳으로 가고 싶지는 않았다. 그렇지만 인기척이 전혀 없었다. 사막 같은 섬에 난파한 기분이 들었다. 그런데 근처 계곡에서 사람과 아이와 개의 뚜렷한 자취가 있었다. 그러나 결국 오전 11시에 피레크레를 떠나 마을로 달려갈 수밖에 없었다. 울퉁불퉁한 거친 땅에서의 '크로스컨트리'였다. 나는 지난 나흘간 쉬지도 못했지만 모래사구를 넘고 땡볕에서 걷고 뛰고 한 끝에, 지치지도 않고 마을에 도착했다. 처음 만난 사람은 식민지 모자를 쓴 흑인 짐꾼이었다. 나는 영어, 스페인어 등으로 말을 걸어보았지만 허사였다. 이해시킬 수가 없었다. 그러나 기억을 되살려, 라틴어 몇 마디를 했더니, 이게 웬일일까, 조금 소득이 있었다.

학교에서 배운 라틴 방언 몇 마디가 이렇게 유용할 줄은 생각도 못했다. 이게 구원의 수단이 된 셈이었다. 너무 급했지만 사람들은 너도나도 나를 붙잡고 말을 걸었다.

사람들은 시장 댁으로 나를 데려갔다. 그는 불어를 몇 마디 할 줄 알았다. 이어 섬 원주민 출신 선원이 왔는데, 그는 강한 양키 억양의 영어로 말했다. 그는 뉴 브레드포드로 이주했다가 그곳에서 미국인으로 귀화했다고 말했다. 나는 내 사정을 설명했다. 끝도 없이 장황한 말을 늘어놓았고, 굼뜬 카리브 해역의 프랑스 방언인 크레올 말에 아주 참을 수 없을 지경이 되었다가, 섬의 다른 비탈에 있는 수도로 전화를 하고서, 산빈센테 섬의 이웃 섬으로 통신문을 보냈다. 나는 통신으로 상황을 설명하고 도움을 청했다. 즉시 현장 소장의 명으로 내 배에 감시인을 붙이기로 했다. 모두 내게 큰 호의를 보여주었다. 간단한 저녁 식사 후, 나는 마누엘 샹트르 선장과 원주민 몇 사람과 함께 노 젓는 배를 타고 피레크레로 향했다. 피레크레는 온전했지만, 더욱 해안 쪽으로 접근해 있었고, 선체는 바위 위에 올라앉아 있었다. 선실에 물도 조금씩 차기 시작했다. 나는 귀중품부터 땅으로 옮기고, 물속에서 밤이 될 때까지 구조용 닻을 박아둔 채 작업했다.

피레크레를 경찰에게 지키도록 맡겨두고 마을로 돌아왔다. 나를 따라왔던 사람들에게 영화 한 편을 틀어준 다음 밤에 쉬고 나서, 어떤 답신도 들어오지 않았음을 알았다. 나는 할 수 없이 40톤짜리 범선 '산타 크루즈호'에 올랐다. 세 시간의 항해 끝에 산빈센테섬 북쪽 연안의 그란데 항구에 도착했다. 우리 옆으로 내 수신호를 본 초계정이 다가와, 나는 그 갑판으로 뛰어올랐다. 그곳에 있던 항무장이 훌륭한 불어로, 자기가 지금 막 내 전문을 받았다면서 항구의 예인선을 끌고 나를 도우러왔다고 했다. 우리는 그렇게 예인선 '인판테 돈 엔리케호'에 올랐다. 벨라 선장에게 피레크레의 위치를 가르쳐주고 나서, 우리는 즉시 출발했다. 밀물이 높아지기 전에 피레크레가 좌초하지 않도록 하자면 시간이 없었기 때문이다.

푸짐한 점심상 앞에서, 나는 내가 겪은 모험담을 늘어놓았다. 이번에는 실패한 모험이다. 예인선의 수많은 선원, 장교와 함께 항해 중이었기 때문이다. 한 시간 뒤 피레크레가 보였다. 인판테 돈 엔리케호가 닻을 내리고 상륙했다. 나는 항무장 벨라 선장과 함께 밤새 피레크레가 무사한 것을 확인하고 기뻐했다. 예인선에서 튼튼하고 긴 왕밧줄을 땅으로 던졌다. 그것을 피레크레의 용골 밑으로 보내 돛에 묶었다. 그동안 원주민 여럿이 돛을 잡고 납용골 무게 때문에 피레크레가 다시 일어서지 않도록 했다. 케이블이 인판테호의 권양기에 감기기 시작했다. 피레크레가 미끄러지면서 강하게 끌리는 소리가 들렸다. 바윗덩어리들이 갑판 판자들을 부수는 소리였다. 다행히 다시 일으켜 세운 피레크레는 바닷물 위로 떠올랐다. 그런데 물에 뜬 배 위쪽 살짝 부서진 틈으로 물이 밀려들었다. 물이 새는 틈을 임시로 석회로 막고, 선원들 몇이 갑판에서 배가 떠 있도록 지키는 가운데, 인판테호가 강한 물살을 거슬러 10노트 속도로 그란테 항으로 신속히 이동시켰다.

이런 식의 입항을 바랐던 것은 아니지만 아무튼 피레크레는 다시 살아났다. 강력한 펌프를 갑판에 올리고 선원들이 밤새 물을 퍼냈다. 다양한 피부색의 수많은 사람들이 선창으로 모였다. 그들은 동정 어린 호기심으로 배에서 내리는 나와 얼굴을 마주쳤다.

이튿날, 나는 포르투갈 사람 집에 짐을 정리하면서 피레크레를 땅 위 경사지로 끌어올렸다. 외피 판자 네 곳에 구멍이 뚫려 바꿔야 했다. 작업은 금세 끝났다. 유감스럽게도 자재가 거의 없어 이음새를 채우는 횐 판자를 수리하는 데 별 수 없이 신통치 않은 자재를 사용할 수밖에 없었다.

항무장 두아르테 실바는 호의를 보여주었다. 그의 처남 세뇨르 안토니오 사르멘토 데바스콘셀로스, 산빈센테의 프랑스 영사관원 카스트로도 친절했다. 나는 프랑스와 포르투갈이 자매 나라이자, 프랑스 문화가 포르투갈의 영향을 얼마나 많이 받았는지 알 수 있었다. 다니엘 두아르테 실바는 유명한 포르투갈 화학자의 어린 조카다. 이 화학자는 프랑스로 귀화해 베르틀로, 생트 클레르 드빌의 친구가 되었다. 다니엘은 지극한 우애와 친절을 베풀었다.

돛을 두 개 새로 만들었다. 하나는 항구 선원들이, 다른 하나는 예인선 인판테호의 갑판에서 만들었다. 피레크레의 내부 수리에 몇 주일이 걸렸다.

8월 14일, 나는 한파가 몰아치기 전에 프랑스에 도착하려고 다시 바다로 나갔다. 내가 좌초한 잊지 못할 자리를 다시 보려고 산안토니오 섬 앞에 잠시 머물고 나서, 나는 북북서로 길을 잡았다. 그렇지만 피레크레에 물이 꽤 새어 들어왔다. 수리가 미비했던 것이다. 줄곧 펌프질을 하며 닷새 동안 항해하다가 결국 뱃머리를 돌려 그란데 항으로 회항했다. 8월 25일이었다.

또다시 피레크레를 뭍에 올리고, 수선을 직접 지휘하면서 거의 물이 스며들지 않게 수리했다. 그렇지만 이제 프랑스에 겨울이 되기 전에 들어가기는 글렀다. 그러니 캅 베르에서 겨울을 나면서 이 책을 끝마치기로 했다.

이렇게 피레크레가 후퇴했던 것은 처음이다. 물론 그러는 것이 신중하고 현명했다. 하지만 내 감정과 맞지 않는 처사였다. 곰곰이 생각해보면 잘못된 일이다. 우선 다가오는 항해의 끝을 보게 되어 슬펐다. 태평양에서 출발하면서부터 커지기만 했던 슬픔, 특히 프랑스에 도착하면 피레크레를 내버려두어야 한다는 생각 때문이다. 캅 베르로 회항하면서, 나는 볕을 쬐면서 이 섬에서 조금 쉬어야겠다고 생각했다. 오는 봄에 프랑스로 들어갈 때까지 배를 보강할 것이다.

그래도 밤낮으로 물을 퍼내며 갖은 어려움과 위험을 기꺼이 헤쳐왔으니 뜨거운 환대를 받겠지만, 거북한 유명세를 치를 프랑스 대신 새로운 적도의 섬들을 목표로 삼을까 싶다.

최소한 지금처럼 캅 베르에서 책을 마무리할 조용한 시간을 가져야 하지 않을까. 지난 2년 동안 거의 글을 쓰지 못했다.

캅 베르 제도, 1929년 3월.

12

캅 베르 제도 체류

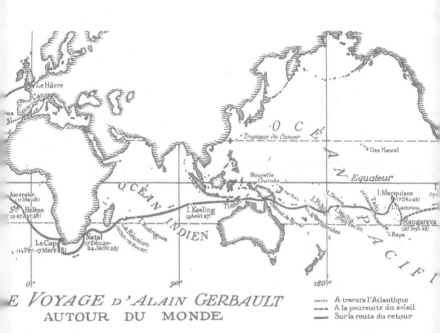

LE VOYAGE D'ALAIN GERBAULT
AUTOUR DU MONDE

포르토 그란데 항구는 북쪽으로 산안토니오 섬이 치솟아 막아주는, 높고 거친 산줄기에 둘러싸인 깊은 만이다. 서쪽으로 들쑥날쑥한 봉우리들은 잘린 종들 같고 망루나 첨탑 같기도 한데, 기이하고 환상적인 효과를 낸다. 여러 나라 여행자마다 나름의 상상에 따라, 워싱턴이든 나폴레옹이든 위인의 얼굴을 그려보지만, 나 같은 뱃사람의 눈에는 아무도 닮아 보이지 않는다. 시선이 멀리 닿는 곳까지 종종 극도로 투명한 대기 속에서, 갈색 땅과 바위나 보일 뿐 녹음의 자취는 거의 없다.

산봉우리에서 원주민 여자의 그림자가 얼씬 거릴 때, 굉장히 커 보인다. 아마 아랫도리에 아무런 풀잎조차 걸치지 않았기 때문일 것이다.

산빈센테는 먼저 들렀던 어센션 섬보다 더 황량해 보였다. '푸른 산'이라고 부르는 그 정상은 녹음이 우거진 오아시스다.

나는 도착한 다음 날, 테니스를 한 경기 할 수밖에 없었다. 섬에 하나뿐인 곳으로 이름처럼 나무 단 한 그루가 서 있었다. 해변에는 야자수 몇 그루뿐. 테니스 코트 곁으로 험한 날씨에 손상된 목조 한 점이 있었다. 유명한 쾌속범선을 개발한 도날드 매케이의 기념 비였다. 그는 같은 이름의 재능이 뛰어난 미국 선박 건조 기술자의 조상이다. 바다에서 지금까지 뒤처진 적이 없는 가장 빠른 범선을 제작한 인물이다.

내 배 가까이 민델로라는 어촌이 있다. 선창이 많고, 그곳으로 거룻배들이 드나들며 석탄을 영국 상사들의 큰 가게들로 공급하러 온다. 이곳은 석탄 지방 같다. 피레크레 주변은 온통 수많은 거룻배들이 정박한 채, 석탄을 실으러 캅 베르로 끊임없이 들어오는 배들을 기다린다. 석탄은 어디에나 있다. 그 두터운 층이 바닷가까지 뻗어 있다. 상당히 아늑하게 방어가 잘되는 이 정박장으로 돌풍이 불어, 닻을 내리고 있는 배들을 흔들기도 한다. 그러면 두터운 먼지가 금세 피레크레의 선구와 장비에 날아와 붙었다.

주민들의 피부색은 가지각색이다. 선창에서 더럽고 누더기 차림의 흑백이 뒤섞인 원주민들이 석탄을 실은 수레들을 밀어 짐배에 쏟아붓는다. 여기에서도 열대지방 노동자에게 훨씬 편한 것은 우리 해묵은 문명의 헌옷보다 예술적이고 위생적인 파뉴일 것이다.

해변에서 흑인 꼬마들이 발가벗은 채 모래와 섞인 탄 덩이를 주워내려고 계속 물속으로 잠수했다. 그것을 모아 작은 자루에 담았다. 사실 상인을 제외하면, 주민들은 석탄과 이곳을 드나드는 배에 기대어 생활한다. 섬 자체에서 생산하는 것은 아무것도 없다. 심지어 물까지도. 모든 생필품은 더 비옥한 이웃 섬에서 가져온다. 선체도 불규칙하고, 선구도 제대로 못 갖춘 수많은 작은 돛배가 갖가지 과일과 동물을 실어 나른다. 때로 훌륭한 미제 범선들이 보이기도 한다.

아무것도 가진 것이 없는 이곳 주민들은 잠시 들르는 여행자나 선원들에게서 자신들이 먹고살 것을 끌어내는 데 익숙하다. 또 모든 이방인들을 시주를 할 운 좋은 사람이라 여긴다. 그런데 이렇듯 본능적으로 물려받았다 할 악착같은 기질에도, 이곳 원주민들에게

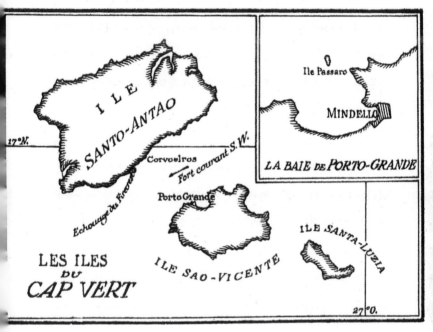

캄베르 제도의 지도.

서는 관용과, 더욱 부유하고 도덕적인 척하는 주민에게서는 볼 수 없는 큰 선의를 느끼게 된다. 우리는 금세 친구처럼 친해졌다. 내가 상륙했을 때는 이동하는 곳마다 쫓아다니는 아이들 무리에 둘러싸였다.

나는 이 책을 쓰려고 섬에 남았다. 그렇지만 용기가 나지 않았다. 뱃놈의 손으로 거칠어진 내 손에 펜이 제대로 잡히지 않았다. 어쩔 수 없는 무기력이 너무나 슬펐다. 큰 공간이 그리웠다. 벌써 거의 항해가 끝나간다는 것도 슬프기만 했다. 프랑스로 돌아가면 바다를 누비며 누리던 자유도 끝장이고, 거기에서 기다리는 것은 유명인이라는 예속뿐일 테니까.

9월이 오고 10월이 갔다. 그런데 한 글자도 쓰지 못했다. 마르키즈와 타히티의 추억만 조금 모았을 뿐, 글을 쓰려고 되살리기에는 이전에 그렇게 생생하던 기억들은 희미해져간다.

나는 가끔 영국 통신사에서 테니스를 쳤다. 다니엘 두아르테 실바와도. 그는 스포츠광이다. 내게는 관심 없는 일이다. 내가 테니스를 하는 것은 체력 관리를 위해서일 뿐이다. 나는 추억에 젖어 태평양 적도 아래의 경이로운 섬들을 그리워하며 지냈다. 낡은 피레크레를 새로 꿈꾸는 배로 바꾸고서 남쪽 바다를 다시 찾아갈 생각을 하면서 우울함을 견뎠다.

10월 말이 다 되어갈 쯤에, 굴뚝 세 개가 붙은 프랑스 군함이 나타났다. 훈련함 '에드가 키네호'였다. 갑판으로 오르자 다르랑 함장이 반겨주었다. 그는 과거 내 친구 알바랑과 또 해군 장관 조르주 레이그 사이에서 연락을 취해주었다. 발리스 제도에서 피레크레가 사고를 당했을 때 구조 요청을 카시오페호에 전달한 사람이다.

나는 교관들의 식사에 초대받아 융숭한 대접을 받았다. 나흘 동안 메이에르, 우르카드, 퐁텐 대위를 비롯해 바다에서 나만큼 오래 생활하지는 않았지만, 아무튼 사랑과 신념으로 해군 직무를 수행하는 여러 장교들과 우애롭게 지냈다.

그다음 날, 나는 산빈센테의 최고 팀들과 에드가 키네호 선원들이 겨루는 축구 경기에 참가했다. 경기는 무승부였다. 전함 팀의 승리를 돕지는 못했지만, 그 대신 최소한 포르투갈 팀의 골키퍼 친구 다니엘 두아르테 실바를 무찌르지 않았던 것을 위안으로 삼았다.

나는 에드가 키네의 갑판에서 내 항해에 대한 강연을 했다. 그렇지만 내 모험을 이야기한다는 것은 정말이지 힘든 시련이었다. 다시는 대중 앞에서 내 이야기를 하지 않아야겠다. 아무튼 젊은 생도의 점심 자리에 초대받았을 때, 그들의 공감과 매력은 좋은 기억으로 남았다. 프랑스 해군의 희망인 청년들 틈에 편안히 끼어들었던 것은 내가 아직 어린애처럼 유치했기 때문일지 모르겠다. 우리 세대 사이에서 나는 늙은이 틈에 낀 영원한 젊은이처럼 느끼곤 한다. 그들은 나를 세심하게 주목했다. 내가 출발하기 전에, 그들은 해군의 따뜻한 군복과 담요를 선물로 받으라고 억지로 떠안겼다. 도움을 받기 좋아하지 않는 나였지만, 이 선물의 귀한 정신을 생각해 즐겁게 받아들였다.

곧 에드가 키네호와 멀어졌다. 나는 그토록 나를 반겼던 그 이동하는 프랑스 땅 한구석에서 흐뭇한 추어을 간직했다.

드넓은 그란데 항의 정박장으로 군함들이 계속 드나들었다. 미 해군의 '랄레이호'에서 나는 함장과 테니스를 치고 나서, 그 갑판에서 함장, 대위 또 영국 영사관 직원 샌드 부인과 함께 저녁 식사를 했다. 이곳 세계는 아주 좁다. 내가 놀랐던 것은, 나를 갑판에서 맞이한 부함장 제이콥스 대위가 이전에 내가 파나마 운하에 들어갔을 때, 콜롱크리스토발 항구 항무관이었다는 사실이다. 뱃사람들 사이에는 공동의 관계가 있다. 나는 여기에서 사모아와 발보아 항이나 '로체스터호'에서 받은 것과 마찬가지로 정중한 대접을 받았다.

프랑스 통보함 '안타르'는 '카시오페'와 거의 같은 배였다. 앙티유에서 건너왔는데, 통신사에서 베푼 연례적인 송년 무도회 때, 장교들을 따라갔던 적이 있었다. 그때, 그곳에서 무도회장 벽에 1928년이라는 숫자가 전등으로 밝혀졌다가, 자정에 그다음 해의 숫자로 바뀌었을 때, 모두들 환호하던 기억이 생생하다.

스웨덴 훈련함 '필기아'와는 썩 좋은 관계가 아니었다. 그 배가 들어온 날 자정에, 그 초계정이 피레크레의 제1사장을 들이받았지만, 다행히 피레크레에 경고등이 붙어 있어 큰 사고를 피했다. 내 항의를 받은 다음날, 필기아의 선장이 즉시 목수들을 보내주었다. 산빈센테에서 여러 좋은 아메리카 가문비나무를 찾을 수 있어 운이 좋았다. 단 몇 시간 만에 부서진 곳을 수리했다. 스칸디나비아 목수들은 내 항해 중에 결코 만난 적이 없을 정도로 솜씨가 뛰어나다. 마치 옛날 목선을 타던 뱃사람 같았다.

배들이 석탄을 실으러 항구로 들락거리는 동안, 나는 책의 원고를 조금씩 써나갔다. 12월 중순쯤 시작했는데, 그다음 달 말에 제법 이야기가 끝나갔다. 테니스도 젖혀둔 채, 체력을 유지하려고 축구나 했을 뿐이다. 섬에는 훌륭한 축구팀들이 있었다. 원주민들은 어려서부터 맨발로 공터에서든 어디서든 공을 차기 때문에 솜씨가 대단했다. 그렇지만 나와 함께 공을 찰 기회가 별로 없어 유감이었다. 한 달 동안 두 차례 경기를 즐겼을 뿐이다. 체력은 회복되지 않았다.

마침내 2월, 원고를 끝냈다. 나로서는 이제 배를 더욱 세심하고 정확하게 손볼 수 있어 기뻤다. 나처럼 거친 뱃놈에게 글을 쓴다는 것은 고역이지만, 선구를 손질하고 다듬는 것은 신바람 나는 일이다. 더구나 혼자서. 다른 누구도 내 일에 끼어들게 하고 싶지 않으니까. 나는 마지막 여로를 위해 피레크레를 수리했다.

봄이 시작되자마자 캅 베르를 떠났으면 싶었다. 포르투갈 서쪽의 아소레스 제도까지 여전히 강력한 겨울 편서풍을 받으며 올라간 뒤에, 6월까지 프랑스 해안에서 극성맞게 불어대는 서풍을 탄다면 가능할 것이다. 나는 벌써 윔블던에 프랑스 테니스 챔피언들을 위해 돌아갈 생각이었다. 아마 나도 며칠 준비하고서 제때에 맞춰 참여할 수 있지 않을까. 하지만 불운은 여전했다. 사실 뉴욕에서 구한 큰 돛이 오랫동안 적도의 뜨거운 햇볕을 받다 보니, 완전히 쓸모없게 되었다.

10월 말에, 나는 그림 한 장을 발송했다. 정확한 지침을 곁들여 르아브르 항구의 친구 피에르 뒤 파스키에에게 발송했다. 르아브르의 유명한 회사 마리올에서 제작한 돛은 12월 8일에 르아브르에서 발송되었다가 유실되었다. 그것을 싣고 오던 포르투갈 배가 포르토 난바다에서 수송선과 부딪쳤다. 즉시 재주문한 두 번째 돛은 르아브르 항을 떠난 지 두 달여 만에 내게 도착했다.

피레크레는 이제 만반의 준비를 갖추었다. 나는 바다로 나갈 때만을 초조하게 기다렸다. 마침내 4월 말, 돛이 도착했다. 펄쩍 뛸 만큼 좋았다. 돛은 포르투갈 세관의 호의로 즉시 내게 전달되었다. 내 지시사항은 완벽하게 지켜졌다. 다시금 피레크레를 땅에 올려놓고 구리판을 덧대 수리했다. 이렇게 해서 즐겁게 아무 걱정 없이, 뭍에서 해야 할 번거로운 일도 없이 몇 달간 항해할 준비를 끝냈다.

떠나기 전에 나는 마지막 축구 한 판을 즐겼다. 재미있었지만 결판이 나지는 않은 이 경기에 나는 더반의 영국 순양함 팀과 겨루면서 중앙 공격수로 출전했다.

　나는 출발 전야에 '민델렌스' 클럽 팀과 겨루는 축구를 다시 한 경기 더 뛰었다. 이 클럽은 여러 유색 원주민들이 끼어 있는데, 사회적으로 최상의 팀으로 간주되진 않았지만, 내가 만났던 그 어느 팀보다 뛰어나고 활달했다. 나는 이곳에 들른 기념으로 내가 어렸을 때 프랑스의 해안 도시 디나르에서 받은 테니스 우승배를 이 섬의 최상의 두 팀이 겨루는 결승전에 내놓았다. 게다가 나는 결승골을 터트린 행운도 누렸다.

13
귀환

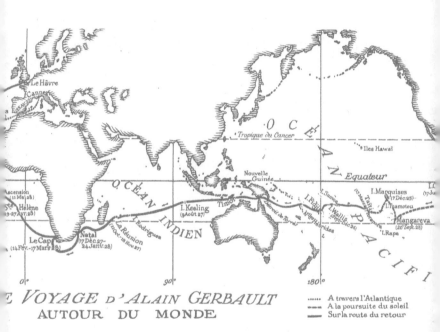

LE VOYAGE D'ALAIN GERBAULT
AUTOUR DU MONDE

..... A travers l'Atlantique
~~~~ A la poursuite du soleil
▬▬▬ Sur la route du retour

5월 6일 월요일. 시계를 맞추고 비스킷, 쌀, 감자, 또 이곳의 상인이
선물로 준 새 나침판을 배에 실었다. 드디어 오전 10시, 출항의 기
쁨을 맛보았다. 항무장 다니엘 두아르테 실바, 프랑스 영사관원 사
르미엔토 데바스콘셀로스 에카스트로가 배에 올리왔다. 모든 돛을
올리고 나서, 나는 천천히 막 불기 시작한 미풍을 타고 미끄러져
나가면서, 항구의 모든 기선이 울리는 작별의 경적을 들었다. 섭섭
해하는 민델렌스 스포츠 클럽 회원들도 나와 있었다. 피레크레와
같은 급의 작은 외돛배 하나도 바다로 나가고 있었다. 주민들 한
무리가 내 출항을 보면서 작별 인사를 건네러 해변에 몰려왔다. 바
람이 시원하게 불면서 피레크레가 크게 기울어지며 갑판이 완전

히 물속으로 잠겨들었지만, 나는 작은 돛배를 그 상태 그대로 밀고 나가면서, 작고 좁은 배가 그렇게 기운 채 나아가는 것을 거의 본 적이 없던 해변의 군중들이 놀라워하며 환호하도록 만들었다.

버드 섬 곁으로 정박장을 빠져나오면서, 환송하던 사람들과 만 세삼창으로 작별을 고하던 친구들도 멀어졌다. 나는 산안토니오 섬과 산빈센테 섬 사이 해협을 빠져나가 북쪽으로 거슬러 올라가 기로 했다. 바람이 시원하게 불어 큰 돛을 두 바퀴 감아두어야 했 다. 산안토니오 해안 부근에서 편서풍이 일어나면서 강풍을 동반 했다. 나는 바람과 해류를 맞받으면서 지그재그로 나아갔다. 그렇 지만 피레크레는 상당히 지쳤다. 바람은 더욱 불어났다. 뒤바람을 타고 남서쪽으로 해협을 다시 돌아 내려가기 위해 큰 돛을 끌어내 리고 삼각돛을 폈다. 큰 돛을 내리기가 쉽지 않았다. 새것이라 뻑 뻑했기 때문이다. 코르보에로스 마을 근처를 지날 때, 절벽 위에 마을 사람들이 모두 나와 내게 손을 흔들었다.

원주민 청년들은 보트를 몰고 다가왔다. 여덟 달 전에 좌초했 던 나를 도와준 청년들이다. 그들을 섭섭하게 하지 않으려고 닻을 내려 잠시 쉬어가기로 했다. 나는 즉시 작업에 들어갔다. 강풍에 피레크레에 많은 물이 들어차 걱정스러웠고, 제대로 가동이 안 되는 여러 부품을 교체해야 했기 때문이었다. 그러나 이미 해가 지는 바람에, 정박장에서 밤을 보낸 뒤에 이튿날 아침에 다시 떠나기로 했다. 그사이 촌장이 찾아와 여러 먹을거리를 가져온 것은 물론이고 저녁까지 다 차려왔다.

이튿날, 날이 밝았다. 나는 뒤바람을 맞으며 길에 올라 해협 북방으로 향했다. 밤새 잦아들었던 순풍이 다시금 시원하게 불면서 여덟 달 전에 내 그르친 모험의 원인이던 강한 해류를 타야 했다. 사실상 이 섬들에서 멀어지기 어려울 것 같았다. 돛을 조종하면서 해류를 거슬러보려고 했지만 피레크레에 물이 너무 많이 들었다. 만약 내가 돛을 줄인다면 전진하지 못했을 것이다. 분명히 나는 남쪽으로 해협을 따라 내려갈 수도 있었다. 하지만 힘들더라도 배를 끌어가고 싶었고, 물이 정말로 위험할 지경으로 들었는지 보고 싶었다. 나는 줄곧 펌프질을 했다. 밤낮으로 물 쪽으로 위험한 암초도 살피면서.

마침내 5월 10일 7시에, 여전히 험한 역류였지만 다시금 산안토니오 북쪽 끝을 건너갈 수 있었다. 나는 해협을 다시 내려가기로 작정했다. 마지막으로 내가 좌초했던 음산하고 거친 장소 앞을 지나, 작고 아늑한 타라팔 만에서 조용히 밤을 보냈다. 그토록 거친 산빈센테 섬에 물을 받으러 온 기선들이 찾아오는 곳이었다.

마침내 그다음 날, 산안토니오의 높은 봉우리들이 시야에서 멀어졌다. 나는 다시금 혼자 대양으로 나섰다. 칸 베르 제도를 많은 모험 가운데 하나로 남기면서… 나는 해협의 물살과 바람과 다시 싸우면서, 위치를 알리는 불빛 대신 새롭게 설치한 힘찬 백색 신호등을 보고서 다른 기선들이 급히 멀어져 흐뭇했다.

식량은 석 달 치 넘게 있었다. 그래서 바람이 너무 고약하지만 않다면 프랑스로 직행할 생각이었다. 그렇지만 이번에도 또다시 별로 운이 없었다. 편서풍은 대서양 북쪽에서 동북동과 북 사이에서 오락가락한다. 동풍을 탄다면 나는 정북항로로 곧장 빠르게 올라갈 수 있을 것이다. 사실 바람은 꾸준히 동쪽보다 북쪽으로 치우쳤고, 나는 우현 아딧줄을 잡고서 대서양 한복판으로 끌려갔다.

5월 14일, 출발한 지 열하루 만에 나는 결막염에 걸렸다. 보름 동안 계속 아팠다. 편서풍은 강하고 바다는 거친데, 눈에 끊임없이 고름이 넘쳐흘렀다. 물보라와 바람 속에서 뱃사람 일을 해야 하는

데. 이런 불운에 더해, 밧줄을 죄는 장치마저 끊어졌다. 더구나 수리를 할 만한 날씨가 되기도 전에, 줄곧 닳아 끊어지는 도르래를 붙들어 매려고 물속에서 작업해야 했다. 종종 물살을 타고 떠 있어야 하므로 펌프질까지 했다.

나는 5월 26일 아침 10시에 북위 32.36분, 서경 29도 31분 지점을 북쪽으로 올라가면서 통과했다. 마침내 세계를 일주하는 고리를 이었다. 상당히 만족스러운 결과였다. 더는 바랄 것이 없었다. 귀환만 걱정이었다. 벌써 남쪽의 소중한 지침이 되는 별자리의 마지막 자취인 남십자성이 수평선 밑으로 멀어졌다. 매일 북극성이 하늘 위로 더 높이 떠올랐고, 나는 거의 잊고 있던 북쪽의 새로운 별자리들을 보았다.

편서풍은 약해졌지만, 나는 조용한 열대 지역으로 들어서면서 가볍고 변덕스런 바람과 돌풍 때문에 계속 조종간을 놓지 못했다. 전진은 매우 더뎠다. 아소레스 제도에 들러 물과 과일을 보충하고 부러진 밧줄을 교체해야 한다.

6월 10일, 내가 오르타 섬 바로 이웃에 와 있는 줄 알게 되었다.

비가 내렸다. 가시거리가 확보되지 않았고, 저녁쯤부터 안개가 너무 짙어 앞을 보려고 해도 허사였다. 아주 가까이 있는 줄 알면서도 뭍은 보이지 않았다. 밤에는 콩프리다 곶의 등대불이 보였다. 1마일도 채 안 되는 거리였다. 멋진 상륙이었다. 나는 밤새 부드럽게 남동해안을 따라 우회한 다음, 새벽에 카스텔로 브랑코 곶을 지났다. 괴상한 바위였다. 섬 기슭은 풍요롭다. 구릉들을 따라 길게 경작지가 펼쳐졌다. 어센션 섬, 산빈센테 섬처럼 거칠고 삭막한 지난 마지막 두 차례 들렀던 섬과 대조적이었다.

나는 이곳에서 부드러운 북서풍을 타고 물 위를 떠다니면서 오르타 항만사 모터를 붙인 초계정 3대가 다가올 때를 기다렸다. 그들은 내게 친절하게 예인선을 붙여주었다. 카이아 반도와 바닷가 사화산 르쇼드롱 앵페르날 앞을 지나, 나는 금세 그림 같은 오르타 항으로 들어섰다. 포르토 그란데 항을 떠난 지 35일 만이었다.

도착하자 곧 포르투갈 관리들이 캅 베르와 마찬가지로 정중하게 맞아주었다. 항무장이 해군들과 함께 와서 항구의 부표 곁에 정박하도록 도와주었다. 이어서 프랑스 영사관원이 나를 찾아와 그의 집에서 함께 점심을 먹었다. 후의가 대단했지만, 다른 곳에서와 마찬가지로 나는 피레크레를 떠나고 싶지 않았다. 정부는 내게 파얄 서플라이 상사의 공방을 주선해주었다. 선구를 수리할 수 있는 선착장으로, 육지에 끌어올리도록 자기네 초계정을 사용하게 해주었다. 그렇지만 나는 힘겹고 지친 듯 보여도 내 돛배가 좋았다.

물에 올랐을 때 해야 할 일이 많아 바빴지만, 나는 이 고장의 뛰어난 테니스 선수들과 몇 차례 경기를 수락하지 않을 수 없었다. 나는 이스턴 테크놀로지 컴퍼니에서 환대를 받았다. 그 직원들과 이전의 섬들에서 했듯 운동을 하며 친해졌다. 나는 거기에서 놀랍게도 J. M. 맨스필드와 재회했다. 그는 이곳에서 1만 5,000마일 떨어진 인도양 한복판의 로드리게스 섬에서 위험한 암초 지역으로 들어섰을 때 피레크레에 처음 다가왔었다.

여러 흥미로운 배들이 줄줄이 입항했다.

우선 대구잡이 기선 '테르 뇌브'가 브르타뉴 출신의 인정 많은 어부들을 싣고 어항으로 들어왔다. 그들과 사귀고 싶었지만 금세 떠나는 바람에 그러지 못했다. 이어서 순양함 '바스코 다가마'가 들렀다. 장교들이 피레크레를 찾아왔다가 자기네 함선으로 점심 초대를 했다. 이 배는 가장 오래된 역사적 군함이다. 끝으로 대서양을 오가는 증기선 '프로비던스호'가 있다. 그 함장과 사관들은 내게 먹을거리를 잔뜩 채워주려고 했다. 나는 채식 습관대로 과일만 받았다. 나는 프랑스에서 내가 실종된 것이 아닌지 걱정하고 있고, 해군이 함정 여러 척을 보내 나를 찾고 있다는 소식을 그 배의 함장에게 들었다.

엿새를 지체한 끝에 나는 다시 출발 준비를 했다. 포르투갈 상선의 핀토 선장이 내 배로 찾아와, 그가 사용하던 여러 해도와 운항 차트 등을 선물로 받았다.

6월 18일 화요일 오후 1시, 나는 파얄 항구를 떠나 잔잔한 바다로 석탄 회사의 초계정 두 척에 끌려 나갔다. 또 다른 초계정은 프랑스 영사관원과 여러 영국 통신사 친구들을 싣고서 나를 따라 나오며 환송했다. 저녁 때, 파얄과 피고 사이의 좁은 수로 밖으로 예인선을 떠나보낼 때, 나는 라베이나 곶의 등대 곁에 있었다. 섬의 숲은 우거지지 않았지만 푸르러 보였다. 밤새도록 조용했다. 낮에는 해류가 다시금 나를 해협 안쪽으로 밀어붙였지만, 어제 나를 끌어주었던 초계정들이 한 번 더 나를 조류를 넘어 해협 밖으로 끌어주었다. 마침내 순풍이 불고, 피고 섬의 구름에 둘러싸인 장엄한 봉우리의 완벽함에 감탄하면서 멀리 나아갔다. 밤에는 그 이름처

르아브르 항 정박장에 도착한 피레크레와 알랭 제르보.

럼 우아한 그라시오사 섬을 통과했다.

그러자 이내 하늘과 땅 사이에 나 혼자가 되었다. 나는 빠르게 해협과 격랑을 피했지만, 이번에도 해도상의 예상과 어긋났다.

산뜻한 바람과 동풍이 이어지는 가운데 첫 열흘을 보냈다. 이전 항로와 반대로 종종 기선들이 보였다. 6월 24일 밤, 그중 한 척이 피레크레 근처로 선회하기에, 비행기가 추락하지 않았나 싶었다. 나중에 보름쯤 뒤에 에스파냐 비행사 프랑코를 수색 중이었다는 사실을 알게 되었다.

이제 바람은 서쪽으로 불어댔다. 그러다가 여러 날 동안 피레크레가 견딜 만한 좋은 날씨가 이어졌다. 나는 그동안 영국 기선들 여러 척을 스치면서 인사를 받았다. 다시금 가벼운 북동풍이 불어와 천천히 전진했다. 프로비던스호에서 받은 달콤한 포도 덕에 건강이 무척 좋아졌다. 목적지가 다가올수록 견디기 힘든 슬픔이 밀려들었다. 내 항해는 이내 끝이 날 테고, 내가 살아오던 중 가장 행복하던 시절도 끝나겠지. 이제 곧 소중한 자유도 무참히 뺏길 테니….

이쯤에서 나는 남은 스무 날가량이 무척 길지 싶었다. 동풍이 거꾸로 길을 막으며 이어졌기 때문이다. 사실 비행사들이 대서양에서 서쪽 서유럽으로 건너갈 때, 1929년 6월만큼 좋은 기상 조건을 보지 못할 것이다. 이미 윔블던 테니스 대회에 맞추어 도착하기는 글렀다. 사실 많은 사람들이 궁극적인 목적지가 있어야 한다고 생각하지만, 나는 관심 없다. 이번에도 다른 때처럼 그저 뭍에 오르는 것뿐이니까. 나는 포르투갈의 옛 시인 카모엔스의 멋진 시를 읽으면서 보기 드물게 여유로운 시간을 보냈다.

7월 16일 화요일, 프랑스 대서양 해운사의 기선 '미시간호'가 피레크레로 접근해 말을 건넸다. 나는 이참에 친구 피에르 뒤파스키에게 전문을 보냈다. 계기의 작동도 점검했다. 놀랍게도 단 1초도 틀리지 않았다. 나는 식료품은 사양했지만 테니스 대회 결과를 알려고 신문 한 묶음을 받았다. 그런데 바다가 잔잔해도 이런 거대한 철벽같은 배 옆에 있는 것이 얼마나 위험한 줄 모르지 않았다. 퍼뜩 1923년 그리스 선박과 만났을 때 손상을 입은 일이 떠올랐다.

'미시간호' 사람들이 좋았지만 그들이 멀어지는 것을 즐겁게 바라보았다. 나는 배를 바람에 맡겨두고 신문을 펴 보았다. 프랑스 테니스 챔피언 결정전에서 보로트라와 라코스트가 멋진 경기를 펼친 소식을 알게 되었다.

7월 20일, 피레크레는 영불해협으로 접어들었다. 프랑스와 영국 연안의 딱 중간 지점이다. 눈짐작만으로도 알 수 있으니 굳이 계기를 확인할 필요도 없었다. 연안 너머 더욱 먼 곳에서는 기선들을 만날 일이 적다. 하지만 이 세상에서 가장 붐비는 이 해협에서는 충돌 위험이 너무 크기 때문에 밤낮없이 조심했다.

22일 저녁, 피레크레는 키를 고정한 채 영국 쪽 '스타트 포인트'에서 어망을 끌고 나오는 증기선 바로 옆을 지났다. 그 뒤로 이틀간 조용히 안개 속에 머물렀다. 24일, 안개가 짙고 기름이 떠다니는 바다 위에 떠 있었다. 가시거리는 5미터도 안 되었다. 나는 이때 포틀랜드 빌과 카스케 사이에 와 있었다. 영국 연안 쪽으로 조금 더 치우친 위치였다. 나는 안개 경적이 없어 욕이 나왔다. 열대의 습기로 망가져 오래전에 바다에 던져버렸던 것이다. 14시쯤 안개가 걷혔다. 돛배 한 척이 피레크레 주위를 선회했는데, 그 꼬리에서 '미스탱게트'라는 이름이 붙어 있었다.

그 선원이 인사를 하며 즉시 내 배에 따라붙더니 마즈 선장과 기관사 오브리가 피레크레로 올라왔다.

그들은 자기네 배의 식당에서 식사하자며 나를 초대했다. 이런 대접에 응하는 것이 용감한 사람들을 즐겁게 해주겠지만, 피레크레의 소박하고 간소한 식사보다 더 좋은 것은 없었다.

'미스탱게트'의 모든 선원이 차례로 피레크레로 올라와 함께 에스파냐 사이다 몇 병을 마셨다. 캅 베르 섬에서 프랑스 영사관원이 선물로 준 것이다. 안개를 알리는 경적을 내게 선물한 선원들은 헤어지기 전에 간절히 내 뱃길을 예인하겠다며 간청했고, 나는 세르부르까지 그렇게 하기로 했다. 그러는 것이 그들의 기쁨이라면. 밤낮으로 살펴야 했던 안개 속을 빠져나갈 수 있으니 억울할 일도 아니었다. 특히 그 이틀 뒤에 시작된 데이비스컵에서 친구 장 볼로트라의 게임을 보러가겠다는 약속도 지키고 싶었다.

4시에 예인에 들어갔다. 밤에 라아그 반도의 불빛이 보였다. 아소레스 제도를 떠난 뒤 처음 보는 불빛이었다. 11시에 우리는 다시 한 번 짙은 안개 속으로 빠져들었고, 속도를 줄인 채로 셰르부르 항으로 들어갔다. 또 미스탱게트는 순양함 '뮐루즈' 곁에 피레크레와 나란히 정박했다. 어부들이 조명등으로 나를 환영하면서 경적을 울렸지만, 아무도 우리를 주목하지 않았다.

'미스탱게트'의 식당에서 이야기를 하면서, 눈을 부치지도 못한 채 밤을 지샜다. 우리는 새벽 4시에 다시 배를 몰았다. 안개가 걷혔다. 뮐루즈호 꽁무니를 따라가면서, 나는 당직사관에게 르아브르의 친구 피에르 뒤파스키에게에 내 도착을 알리는 전문을 띄워달라고 부탁했다. 그런 다음 미스탱게트는 다시 어장으로 회항하면서 나를 짧게 출렁이는 바닷속에 조금 바람이 부는 바다까지 끌어주었다. 바르플뢰르 등대[42]를 지나 넓은 바다로 나왔을 때, 나는 예인 밧줄을 풀고 하루 동안의 친구들에게 큰 소리로 작별을 고했다. 돛을 올리자 북동풍이 시원하게 불고 물결도 높았다. 예쁘장한 영국 연안을 따라 지나갈 때, 뱃놀이를 즐기는 청년들이 나를 어부로 알고 셰르부르까지 거리가 얼마냐고 물었다.

나는 10시에 바르플뢰르 등대와 신호소를 지났다. 강한 물살에 실려, 또 피레크레의 'OZYU'라는 구별 신호를 보냈다. 바람은 거의 위로 치솟고, 출렁이는 물결을 버텨야 했다. 그 다음날이 되기 전에 도착하는 것이 문제가 아니었다. 나는 포르 앙 베생 항 쪽으

---

42   영불해협을 끼고 있는 프랑스 망슈의 바르플뢰르 곶에 서 있다. 파도와 풍랑이 심한 해역이라 해난 사고가 잦았다. 1774년에 처음 건설된 이후 몇 차례 중건했으며, 선박 운항 관제소가 자리 잡고 있다.

로 밀려나면서, 센 강 하구 안쪽으로 끌려 들어갔다. 조수가 이미 밀물로 바뀌었기 때문이다. 나는 하루 종일 큰 돛을 지키며 바람을 안고 있어, 영불해협에 들어선 뒤로 전혀 손을 놓을 수 없었다. 바람과 해류는 극도로 거셌고, 피레크레는 파도에 코를 처박은 채 뒷걸음쳤다.

그렇게 저녁이 되었다. 큰 돛을 내리고 삼각돛을 올리고 가볍게 훼손된 곳을 수리했다. 이튿날 아침, 나는 포르 앙 베생 북쪽 3마일 지점에 있었다. 이제 거의 르아브르 쪽과 반대 방향이었다. 오전 11시에 프랑스 노르망디 연안의 캉 항도에서 파일럿 보트 한 대가 피레크레로 다가왔다. 두 사람이 피레크레에 올라 내 좁은 배가 자기네 25톤짜리 폭넓은 배보다 조정하기가 훨씬 어렵다고 생각하는 듯했다. 마침내 오후에 통보함 '엘레트'가 다가왔다. 엊저녁부터 나를 예인하기 위해 찾고 있었다고 한다. 돛을 올린 채로 거센 동풍에 맞서 르아브르 항으로 들어갈 수 없기 때문이었다.

나는 곧바로 돛을 내려 말아두었다. 두 청년 선원이 갑판으로 올라와 일을 거들었다. 둘의 소박하고 친절한 마음은 이 귀로의 좋은 기억으로 남았다. 항구가 가까웠다. 나는 96시간 넘게 눈을 붙이지 못한 상태였다.

1929년 르아브르 항에 정박한 피레크레 갑판 위의 알랭과 친구.

곧 선창이 이어졌다. 물길을 안내하는 보트들과 갖은 종류의 수많은 배들이 나를 반겼다. 마침내 모터보트를 타고 온 정다운 친구들, 피에르 뒤 파스키에, '코코' 장티앙을 보았다. 다시 만나 말도 못하고 감격에 겨워 한참 동안 서로 바라만 보았다.

제일 친한 피에르 알바랑은 보이지 않았다. 그러다가 그가 선착장의 군중 틈에 밀리면서 와 있다는 사실을 알았다. 모두 그가 꾸민 일이다.

바다에서만 700일 넘게 보내고, 4만 마일의 뱃길을 주파하고 나서, 나는 지치고 정든 피레크레를 프랑스의 항구까지 끌고 왔다. 이렇게 내 제일 친한 친구에게 했던 약속을 지켰다. 1924년 8월 우리가 헤어질 때 기선 '파리호'가 보낸 전문처럼.

"슬퍼하지 마, 언젠가 돌아올 테니."

르아브르, 1929년 8월.

남태평양에서 고향으로 돌아가는 "귀로에서"

I

1921년, 프랑스 브르타뉴의 테니스 선수 알랭 제르보는 스물여덟의 나이로 영국으로 건너가, 건조한 지 30년쯤 되는 중고 돛배를 구입했다. 그리고 그 배에 '굴뚝새(Firecrest)'라는 이름을 붙였다. 그 이름은 영어로 '불타는 봉우리'라는 뜻도 있고, 프랑스어로는 '피레크레'라고 불렀다. 알랭은 자기보다 한 살 더 많고 지붕도 좌석도 없는 쪽배로 대양을 혼자 건너가려고 했다. 누구나 놀라자빠질 노릇이었다.

알랭은 지중해에서 몇 달간 무섭게 훈련했다. 그는 그 작은 배로 1923년 지브롤타에서 뉴욕까지 대서양을 101일 만에 횡단했다. 무사했지만 서툴고 오랜 시간이 걸린 뱃길이었다.

1924년, 버뮤다를 떠난 알랭은 파나마, 갈라파고스를 거쳐 타히티, 피지, 희망봉, 세인트헬레나, 아소레스 군도를 돌아 1929년 르아브르 항으로 돌아왔다. 단독 항해로 세계일주에 성공한 것이었다. 알랭은 그 여로와, 또 그 중심지 남태평양 섬들에서 지낸 날을 일기체로 기록해 『귀로에서』라는 항해일지를 출간했다.

알랭은 첫 번째 여행 때 폴리네시아에 완전히 반해버렸다. 1932년, 그는 책의 인세 수입으로 새로 건조한 배를 구했다. 이 배에는 '알랭 제르보'라는 이름을 붙이고 다시 장도에 올랐다. 제2차 여행의 기록은 이후 『섬의 아름다움』이라는 책으로 펴냈다.

1941년, 알랭은 동티모르에서 비운의 죽음을 맞을 때까지 남태평양의 섬에서 살았다. 그는 '20세기의 오디세우스'라는 별명을 얻었다. 그에게 조금도 부당하지 않은 이름이다.

소년 시절, 알랭은 여름마다 브르타뉴의 디나르 바닷가 별장에서 보냈다. 그 지역은 물빛이 몹시 맑은 '에메랄드 해안'을 끼고 있는 작은 마을이다. 벼랑도 높지 않다. 낮고 거친 바위틈으로 뒤틀린 노송들이 솟아 있거나, 바위 위에 선 돌십자가들이 수평선을 내려다보는 곳이다. 사시사철 바람도 잦아들 줄 몰라 눈부시다가 갑자기 찌푸린다. 나약한 사람도 매서운 바람의 그 해변을 덜덜 떨며 거닐다 보면 어느새 강인해질 만하다. 바닷속 깊은 곳에서 사나운 괴물이 아가리로 뿜어내는 거품 같은 파도가 지칠 줄 모르고 달려든다. 기운을 내고 단련하기 좋은 해변이다.

이렇게 에메랄드 해안가 생말로, 디낭, 디나르 등지에서, 영국과 가장 가까운 그 부두에서, 먼 옛날 영국과의 전쟁에 대한 기억을 간직한 요새와 눈부신 해변에서, 알랭의 소년기는 온통 바닷물로 넘쳐났다. 옛 해적들이 설치던 높고 사나운 물길에 익숙해졌다. 키 작은 관목과 소금에 쩐 바위가 검붉게 엉킨 그 바닷가는 한낮에도 저녁 기운이 꿈틀댄다. 에메랄드 물빛은 줄줄이 밀려오고 밀려가는 파도로 더욱 검푸르게 뒤집힌다.

알랭은 공부도 열심히 했고, 테니스도 잘 쳤다. "집 안은 유행에 따라 온통 동양식 취미로 꾸몄다. 북아프리카의 피륙으로 짠 소파, 구리 그릇과 식기, 태피스트리…" 알랭은 방바닥에 뒹굴면서 엘리제 르클뤼의 『만국지리부도』를 들추곤 했다. 지리학의 선구자 르클뤼는 『산의 역사』 같은 책을 통해 소년들이 자연과 역사를 좀 더 친근하게 이해할 수 있도록 자연과학을 인문학으로 풀어 쓴 보기

드문 인물이다.

  그렇게 철부지답지 않게 진지하고 눈부시던 알랭의 소년기는 어느 날 갑자기 어두워졌다. 사업가이던 아버지가 알랭이 열두 살 때 갑자기 돌아가셨다. 알랭은 바닷가를 떠나 파리 기숙학교로 들어갔다. 이 사건으로 그의 사춘기는 시작부터 캄캄했다. 평생 씻어내지 못한 우울한 충격이었다. 갑자기 허물어진 벽 앞에 선 채 혼자 남게 된 알랭은 학교에서 친구들과 어울리지 못했고, 공부마저 시큰둥해졌다. "그의 일생 중 가장 불운하던 시절"이었다. 알랭은 이때부터 혼자 구석에 처박혀 몇 시간씩 책을 읽는 습관에 젖었다.

  다행히 새 친구 피에르 알바랑을 만났다. 알랭은 외과 의사의 아들이던 피에르와 테니스를 즐기는 단짝이 되어, 우승을 돌아가며 차지할 정도로 실력을 쌓았다. 피에르는 먼 훗날 알랭이 급사했을 때 그의 여러 뒷일을 수습했다. 그뿐만 아니라 동티모르에 가매장되었던 그의 유골과 유고를 챙겨, 남태평양에서 알랭이 "가장 아름답다"고 열광했던 보라보라 섬으로 옮겼다. 피에르는 알랭의 유작 『죽어가는 낙원』을 펴내는 일도 주도했다. 그 뒤, 피에르는 세계대회를 휩쓸기도 한 '브릿지'의 명수가 되어 프랑스 국내에서 혼자 20여 년을 독주하고, 이론가로서 책도 여러 권 펴냈다.

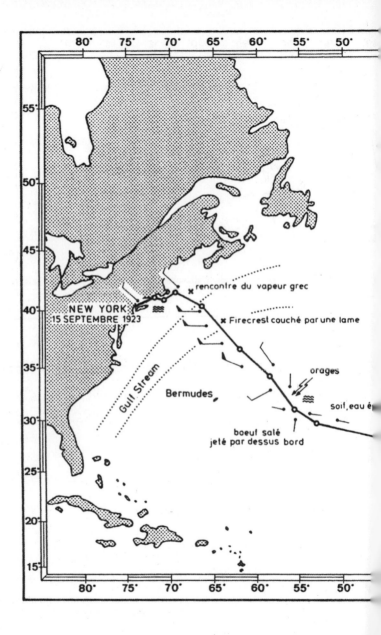

NEW YORK
15 SEPTEMBRE 1923

Gulf Stream

Bermudes

rencontre du vapeur grec

Firecrest couché par une lame

orages

soif, eau é

boeuf salé
jeté par dessus bord

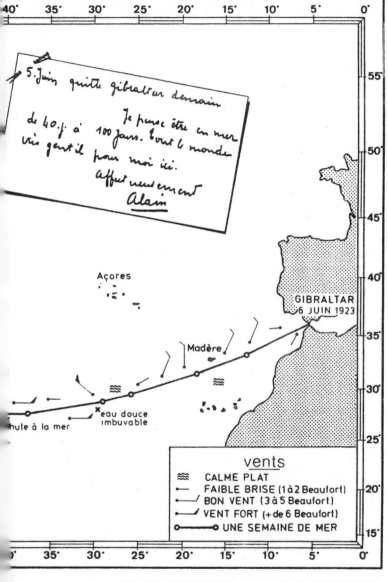

알랭 제르보의 대서양 횡단 항적, 지브롤터에서 뉴욕까지 101일간 걸렸다.
알랭 제르보는 풍향과 풍속을 일기에 기록했다.

알랭 제르보는 디나르에서 영어와 프랑스어를 두루 사용했다.
테니스클럽에서는 영어가 공용이라 운동을 하면서 영어를 자연스
레 익혔다. 알랭은 열다섯 살에 방학 때마다 런던으로 건너가 키플
링, 콘라드, 스티븐슨의 소설들을 영어로 읽었다. 아직 프랑스어 번
역판이 나오기 전이었다. 그 세 작가의 모험기에 많은 청년들이 막
연히 떠날 꿈을 꾸었다. 제국주의의 절정기였던 그 시절에는 "시내
거리 곳곳에 인도와 중동, 홍콩과 호주로 이주와 여행을 권하는 포
스터가 다닥다닥 붙어 있었다."

알랭은 미국 작가 에드가 앨런 포의 시에도 열광했다. 오스카
와일드, 코울리지도 애송했다. 영국과 가까운 브르타뉴 출신인 어
머니의 영향도 컸다. 알랭은 영국 문화에 깊이 젖어들었다.

학교를 마친 알랭은 1914년과 1916년의 제1차 세계대전에서
전투비행단에 배속되어 훈련을 받았다. 그 뒤 '늑대' 편대, Spa 165
편대에서 출중한 '에이스'가 되었다. 그는 공중전에서 맞붙어 독일
전투기들을 격추시킨 영웅이었다. 비행단 동료의 회상에 따르면,
알랭은 오후 5시의 티타임에서 특이한 모습을 보였다.

"알랭은 수수께끼였다. 우리와 다르게 살았다. 동료들은 자기
네가 무시당한다고 생각했다. 나는 알랭과 사귀고 싶어 접근했다.

하지만 그는 늘 책 속에 파묻혀 지냈다. 에드가 포, 키츠, 셸리, 베를렌…"

라파예트 전투비행단 시절, 알랭은 그곳에 배속된 미국 동료들과 사귀었다(미국이 공식 참전하기 전이었다). "그들과 함께 '스리 캐슬스' 담배를 나눠 피웠다." 미국 작가 잭 런던이 보트로 오스트레일리아와 태평양을 항해했던 경험담『스나크호 항해』(1911년 초판)를 서로 돌려 읽으면서, 전쟁이 끝나면 남태평양으로 배를 몰고 가자고 그들과 약속했다. 전투의 고통은 사모아, 피지, 보라보라 섬에 대한 꿈으로 벌충했다. 나중에 그 꿈을 이루고 난 알랭은 자기 책을 보라보라 섬에서 나와 장도에 오르는 장면에서 시작했다.

알랭의 소형 돛배 '피레크레'가 파도에 출렁일 때마다 선반에서 책 더미가 쏟아졌다. 거기에는 항상 잭 런던의『스나크호 항해』가 눈에 띄었다(잭 런던은 대한제국 시절 제물포로 들어오다가, 당시 이미 출입국을 관리했던 일본 경찰에게 카메라를 빼앗긴 일을『불타는 한국』에서 투덜댄 적이 있다). 알랭의 꿈을 자극한 잭 런던은 그의 우상이었다. 알랭은 잭 런던의 시를 줄줄 외울 정도였다.

나는 먼지가 되느니 재가 되련다.

영원히 잠자는 행성보다

찬란한 유성이 좋으니…

사람이란 존재가 아니라 삶인데…

구차하게 목숨을 늘리려고 시간 낭비를 하지 않으리

그저 내게 주어진 모든 시간을 불태우리….

2

1953년 10월, 알랭이 묻힌 보라보라 섬을 찾은 장 르베르지
(1914~1959년, 1954년 르노도 상을 수상한 문인)는 그곳에서 알랭과 절친
했던 사람들을 만났다. 이미 늙어버린 사람들이다. 르베르지는 그
들을 취재하면서 '현대의 오디세우스'가 된 알랭의 신화를 벗겨보
려고 했다.

　보라보라 섬 주민들은 그를 '페레포'라고 불렀는데, 그 뜻은 '야
간 여행자'였다. 하지만 르베르지는 이것이 그의 본명인 '제르
보'를 원주민들이 발음할 때 특이한 억양 때문에 변질된 것이라고
생각했다. 간호사였던 원주민 노파 '테헤아'는 알랭이 빠르게 사라

지던 오세아니아 구전 설화를 열심히 수집했다면서, "제르보 씨는 친절하고, 사라져버린 것만 좋아했다"고 전했다. 반면 프랑스 정주민들의 반응은 냉랭했다. 그가 건방지고 무례하며, 원주민들을 성가시게 했다면서 혀를 찼다. 보수적인 공무원과 식민지 주민의 알랭에 대한 총평은 한마디로 이러했다.

"파레오(나뭇잎으로 엮은 토속 반바지) 차림으로 총독 앞에 나서다니…."

식민지 정착 초기인 1850년대부터 식민지 주민들과 관리들은 대체로 우애롭게 지냈다. 원주민을 지배하고 외적과도 수시로 대치하는 낯선 타향에서, 서로 의지하고 똘똘 뭉쳐 본토 못지않게 잘 살고 싶다는 의욕이 넘쳤기 때문이었다. 그래서 원주민에게 우호적이었던 알랭은 더욱 '왕따'일 수밖에 없었던 모양이다. 알랭이 국민 영웅 대접을 받았으니 망정이지, 그렇지 않았다면 섬 생활을 견디기 힘들지 않았을까?

알랭이 사후에 출간된 『섬의 아름다움』을 쓰고 있을 때, 그 원고를 같이 읽고 제목을 제안했던 교육자 피카르 씨도 증언을 전했다. 그는 알랭이 저녁에 파레오 차림에 목에 카메라를 걸고는 불쑥 불쑥 나타났다고 했다.

또 다른 증인은 타히티 섬의 덩치 큰 마오리족이다. 그는 알랭이 많은 원주민의 추억 속에 살아 있을 것이라며, 프랑스 식민지 주민과 다른 말을 했다.

"그는 다른 유럽인들과 달랐어요. 항상 자기 배 갑판에서 책을 읽곤 했죠. 애들은 거기 올라가 마음대로 뛰놀고 바다로 뛰어들곤 했어요. 그래도 그는 꼼짝 않고 책만 읽었어요. 하지만 유럽 사람이 나타나는 모습만 보여도 자리를 떠버렸죠."

알랭이 가지고 있던 낙원 같은 섬을 파괴하는 백인에 대한 혐오는 어느 정도 그의 우울증 때문이었을지 모른다. 어쨌든 그는 호불호가 명백했다. 강직하고 올곧았다. 알랭은 섬들을 돌아다니며 특이한 꿈을 꾸었다. 자신의 꿈과 거의 엇비슷하게 "돈을 모르고" 금전 거래를 하지 않고 사는 '킬링 섬' 사람들을 만났을 때, 그는 이런 말을 했다.

"폴리네시아에서 내 꿈은 분명하다. 나도 어느 날 아무도 살지 않는 환초의 주인이 되어, 내가 고른 폴리네시아 주민들을 끌어들이고, 그곳에서 사람들이 돈을 쓰지 않고, 운동과 예술을 즐기며 행복하게 살 수 있지 않을까."

알랭이 보라보라를 떠나던 때는 차라리 다행이었으리라. 그의 꿈이 깨지기 직전이었다. 그가 떠나고 난 지 며칠 지나지 않아, 미 군 5,000여 명이 들이닥쳤다. 지프를 몰고 와, 영화와 위스키와 함 께 5년간 그곳에 주둔했다. 그들은 1953년에야 철수했다. 그들은 자신들이 씨를 뿌린 100여 명의 아이들을 데려가지 않았다. 아이 들은 미군처럼 태평하게 살며 다시 그곳의 주류가 되었다.

3

알랭이 단독으로 세계일주 항해를 마치고 돌아가는 "귀로에서" 피 레크레의 선실은 어떤 모습이었을까?

알랭은 스티븐슨의 작품들을 선실에 잔뜩 실어두었던 모양이 다. 일찍이 대양에서 서로 멀리 떨어진 섬들이 인종이나 풍습이 지 극히 비슷하다는 점을 관찰한 뒤몽 뒤르빌 선장의 『남극해와 오세 아니아 여행』도 챙겨두었다. 뒤몽 뒤르빌은 아주 먼 옛날 갈라진 육지가 차츰 멀어져 섬이 되었을 때, 사람들도 갈라졌다고 생각했 다. 하지만 최근에는 초라한 뗏목만도 못한 쪽배를 타고서 원시인들이 뿔뿔이 흩어졌다고 믿는 편이다. "바다로 옮겨 다니며 살았던 것이 오세아니아 인종의 핵심"이다. 일종의 해양 유목민인 셈이다.

알랭이 따분한 시간에 선상에서 즐겨 부른 카모엔스의 시는 대표작 「루시아데스」 아니었을까. '포르투갈의 단테'라고 칭송받지만 그의 다른 시편은 전하지 않는다. 수많은 바닷새 떼가 알랭 곁을 맴돌면서 참견하듯 박자를 맞추려 하고, 뱃전을 스치는 물살에 리듬을 맞추는 느긋한 시간이었다. 돌고래가 알랭의 곁으로 뛰어오르며 장난을 걸기도 했다. 알랭의 말대로 "궁극적인 목적지에 관심이 없는" 사람들 사이에서 물고기들의 장난스런 호위를 받으며 시를 읽을 시간을 찾은 것이야말로 진정한 목적 같은 게 아니었을까?

알랭은 그렇게 뭍에 오르기 전에 폭풍에 떠밀려 올라갔던 우베아 섬(1887년 프랑스 보호령)에서 왕을 방문했을 때에도 그와 비슷한 말을 했다. 그는 "열대지방의 유럽 가옥보다 훨씬 시원한" 원주민 돗자리에 앉아, "왕에게 내 여로의 사진들을 보여드리면서 여행의 동기랄까, 차라리 동기도 없는 동기 같은 것을 설명하려" 했다.

인류학자 우드퍼드는 "폴리네시아 사람은 이주 본능을 타고났다"고 했다. 바이킹의 후손 벵트손은 "수백 세대에 걸쳐 형성된 본능"이라고 믿었다. 어디론가 떠돌아다니지 않으면 사는 것이 아니라 느끼고, 정착하면 퇴화하는 사람들이다. 먹고사는 문제 때문만이 아니다. 어느 장소에도 얽매이지 못하는 주체할 수 없는 본능이다. 그렇게 미친 듯 숲과 바다를 찾아든다. 말레이, 에스키모, 핀, 부시맨 이런 종족들에게서 똑같이 보이는, 자유에 허기를 느끼는 혈통이다. 사실 우리들의 피도 펄펄 끓게 하던 것이지만, 이제 와서 조금 묽어진 건 아닐까. 혹시 옹어리처럼 우리 몸 어느 구석에 열정으로 숨어 있는 건 아닐까?

알랭도 그 섬과 바다와 그 사람을 사랑하다 보니, 어느새 그런 본능에 물들지 않았을까? 얼마나 사랑했으면, 그렇게 짧은 시간에!

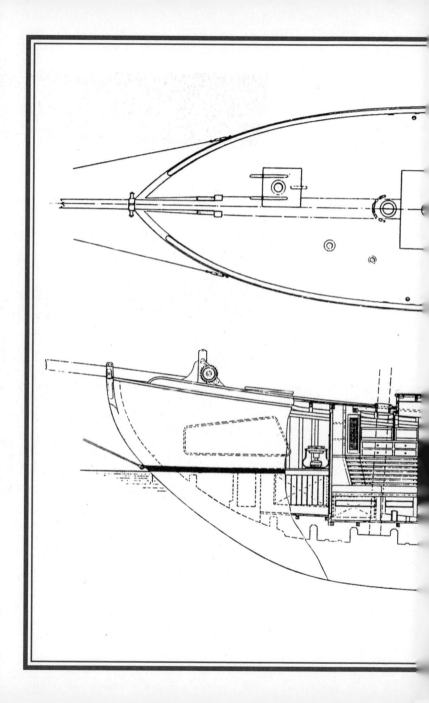

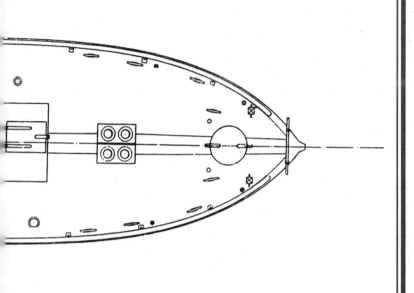

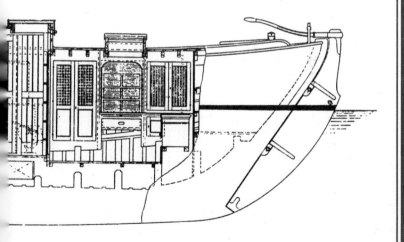

1931년 주에 조선소에서 건조한 요트 '알랭 제르보호'의 내부

marrakech medina

28 Février

Cher Monsieur,

Bien reçu votre lettre. Je pense
rentrer en France vers le vingt mars.
Veuillez aussi préparer provisoirement
quelques plans de détails et me les
envoyer par avion.
     1° un meuble classeur (lettres d'affaires
fiches livres côté opposé à ma couchette
     2° différents rayons pour livres
tout autour salon, lit et chambre tout
ceci sommaire et provisoire

     ♥ Les choses suivantes sont aussi
à étudier. Le plan de
     Pour les bastaques. chaque bastaque
         un œil pour recevoir une
         poulie simple
     et un taquet d'amarrage
     ou alors comme je désire
     employer 2 poulies doubles
     s'il n'est pas commode
     d'assurer solidement
     un autre piton dans le pont

on pourrait mettre un axe
do o'œil dans la poulie inférieu
du palan.

                chaque
Pour les écoutes de trinquette.
  j'emploie 2 poulies simples
  Il faudra probablement 1 piton a' œil
  et un taquet d'amarrage
Pour chaque écoute de foc
  Il faudra plut être une bande a' œil
  ~~sur la tête~~ sur le plat bord et un
  taquet d'amarrage.

          Il faut aussi m'étudier. ce qu'il
  faut pour les drisses ~~et~~ ithaque
                              balancines.
soit ⊏━━━━━━━━━⊐   entre les
lattes de hauban, ou en dessous le
long du pavois, soit circulaire
autour du mât
prenant dans le
pont comme sur
les bateaux americains prévoir

{ 1 drisse) de grand voile
{ 1 ithaque ~~~~ 2 ~~toute~~ petites poulies doubles
{ 1 drisse de foc
{ 1 ithaque a'2 poulies simples
    2 balancines avec un palan de 2 poulies
simples
  1 drisse de trinquette
  1 drisse de clinfoc

4

알랭은 새로 건조한 '알랭 제르보호'를 타고 대양을 돌아 다시 한 번 보라보라 섬으로 건너갔을 때, 훗날 『섬의 아름다움』으로 출간될 일기를 썼다. 파페티에 되돌아온 그는 저녁마다 시 외곽을 거닐었다.

파페티는 첫 번째 여행 때보다 외관상 조금 나아보였다. 그러나 마르티니크 제도는 사람들의 개발로 자연이 크게 훼손되었다. 몽타네 총독은 과거 여왕의 정원에 관청 판자집을 허물고, 우체국 근처에 예쁜 공원을 조성했다. (중략)

파레우테 곶 근처 부락 원주민은 판자와 양철로 엮은 끔찍한 바라크에 살고 있었다. 주민들은 프랑스 국경일인 7월 14일에 맞춰 행사에 선보일 춤 연습을 했다. 그 집들은 판다누스 잎으로 지붕을 올린 원주민의 전통 가옥으로 개축하는 편이 좋을 듯했다. 화재 위험을 핑계로 훌륭한 원주민 집들을 다 없애버렸다. 프랑스 정주민 대부분은 원주민을 홀대하거나 적대했다. 근처에 있는 원주민의 시원하고 위생적인 오두막을 개조한 주택들은 미국인들이 지었다.

알랭은 이렇게 아쉬워하면서 박물관과 오세아니아 연구회 도서관을 자주 찾았다. 그 도서관에는 오세아니아 역사를 다룬 장서들이 풍부했다. 알랭도 1926년부터 이 연구회에 통신회원으로 가입했다. 그러나 알랭은 기존 학자들이 편찬해 공식적인 역사가 되어버린, 학술단체에서 퍼트린 주장을 의심했다. 그는 순진한 정치의식에 비해 역사의식은 건전하고 진취적이었다. 학자들이 폴리네시아 역사로 인정하는 것은 그가 보기에 사실성이 극히 빈약했다.

알랭은 "마르키즈 신상"이라는 꼬리표가 붙은 "티키(tiki)" 석상들을 보면서 쓴웃음을 참지 못했다. 백인들은 원주민이 만든 것을 우상으로만 생각했다. 그러나 원주민들은 백인처럼 공공장소에 신격화한 입상을 세우는 법이 없었다. 그러니까 마르키즈 제도에서 활동하는 선교사가 쓴 책도 웃기는 것이었다. 섬의 토속 신들을 고기잡이 신으로 분류하고 열거했으니까.

마르키즈 사람도 폴리네시아 사람처럼 하나의 창조주, 유일신만을 믿는다. 조상이 죽고 나서 신으로 모시고 제사 지내는 것은, 백인이 천사, 악마, 성자를 성당에 입상으로 모시는 것과 다름없었다. 이런 관례에 대한 편견이 없었던 알랭은 고대 폴리네시아인을 우상을 숭배하는 야만인이며, 또 자신들만 유일신을 모신다고 생각하는 백인의 신앙에 동의하지 않았다.

그곳에는 문인 피에르 로티를 기념하는 모임도 있고, 그를 기념해서 엉뚱한 티키 조각상을 세운 수영장을 낀 공원도 있다. 살아 있었다면 로티가 얼마나 싫어했을까. 자연을 파괴하는 서구 문명을 혐오하던 사람이었는데.

알랭은 이런 점에서 매우 순수하면서도 고지식했다. 로티의 선견지명, 야만이 아닌 원주민의 훌륭한 문명에 대한 애정과 예찬을 좋아했지만, 그가 쓴 소설만은 자기 선실 안 서가에 챙기지 않았다.

알랭은 소설을 좋아하지 않았다. 그는 경험에 따라 진솔하게 기록한 실화를 좋아했다. 그래도 로티의 여행을 괴담이나 괴짜의 행각쯤으로 비방하지 않았다. 그의 글을 애독했다. 반서구 식민주의에 대한 로티의 입장을 혐오하는 사람이 많았고, 게다가 그의 사생활, 즉 동성애 성향을 손가락질하기도 했다. 하지만 로티는 대체로 환상적인 이야기에도 불구하고, 터키, 아시아 아프리카와 극동 등 비서구 문명을 진정 좋아했고, 또 이해하려 애쓴 작가였다.

알랭은 당시 쥘 베른과 함께 전무후무한 로티의 베스트셀러 소설, 이를테면 『로티의 결혼』처럼 이국취미에 불을 붙인 소설을 외면했다. 그의 책 가운데 『내가 만난 인물과 사건』, 『지나온 어두운

길에 대한 반성』 등 회상록과 『두 번째 타히티』 같은 여행기 같은 것만 챙겨두고 읽곤 했다.

알랭이 갑판에서 즐겨 읽은 것은 당시로서도 다시 찾기 어려웠고, 지금은 기념비 중의 기념비가 된 걸작 『대양의 섬들로 여행』, 타히티에서 미국 영사를 지낸 J. A. 무러나우트(1796~1879년)의 책이다. 화가 폴 고갱도 그와 그 책을 극찬했다. "유일하게 남태평양의 실상에 접근한 서구인의 책"이라면서….

알랭은 타히티에 관한 또 다른 책으로 조지 콜드런의 『티호티에 의한 타히티』를 꼽았다. 이 책에서 경찰 당국을 비판했으니, 프랑스 동포들이 좋아할 리 없었다.

비판적 목소리를 냈다고 외면받은 책은 어디 이뿐일까. 이런 미련한 행태는 지금도 나아지지 않았다. 이 책은 무슨 수난을 당했던 것일까? 구할 수도 없고, 그것에 대한 조명도 별로 없다.

1906년, 타히티를 방문한 콜드런은 그곳에서 『타히티』를 지었다. 그도 그곳에서 유럽인 동네를 벗어나 원주민과 함께 생활하면서, 그들의 역사와 언어, 전설과 풍습을 기록했다. 그러면서 식민주의를 비판했다. 1937년에 남태평양 식민 정치를 훌륭하게 탐사하고 파헤친 J. C. 퍼나스(1906~2001년)의 역작 『낙원의 해부』가 나오기 전까지 거의 유일한 비판서였다. 퍼나스의 책은 방대한 문헌 자료를 곁들였다. 그 자신이 알랭의 책도 모두 읽었다. 그런데 콜 드런의 것만 누락되었다. 이상한 일이다. 퍼나스의 책에 실린 사진 중에 하와이 파인애플 농장에서 일하는 아시아 농부는 우리 조상 같아 보인다.

알랭은 로버트 키블의 『꿈의 섬, 타히티』도 읽었다. 끝없이 읽고 또 읽었다. 원주민에 대한 사랑과 식민주의에 대한 미움은 역사 공부를 부채질했다. 알랭의 책은 그보다 먼저 이 섬을 찾았다가 기록을 남긴 작가들에 대한 뛰어난 서평이다. 하지만 이런 책들 이상으로, 알랭은 백인이 들어오기 이전의 원주민 생활을 알 수 있는 어떤 글도 없다는 점에 가슴 아파했다. 자신의 상상에 따를 뿐. 그나마 상상이다!

마오리 사람들만 해도, 그 전설은 위대하다. 쪽배로 하와이에서 뉴질랜드까지 위도 60도 거리를 이주했던 용감한 민족이다. 부족 간의 투쟁과 바다괴물, 폭풍을 이겨냈다. 그러면서 자기네 종교를 지켰다. 그렇게 용맹스럽던 민족이 작은 섬에 눌러 살면서 멸종의 위기를 맞고 있었다.

5

알랭은 두 번째 항로에서 프랑스 식민 정책의 천태만상을 비판하
느라 지쳤다. 그런 애증과 역사 공부에 대한 열의 때문에 차츰 과
민해졌다. 자기를 취재하러온 기자들을 불신했다.

그뿐만 아니라 중국인의 상거래가 공예를 비롯한 전통문화를
파괴하는 데 큰 몫을 한다고 한심하게 생각했다. 관리들은 알랭이
동네에서 수많은 사람들이 둘러앉아 지켜보는 가운데 공놀이하는
것을 저지하려고 했다. 중국 상인들이 상품을 운반하기 위한 차량
통행을 방해한다는 이유였다. 알랭은 상업만 최고로 치는 오세아
니아의 식민 정책에 대해 중국 상인을 위한 것이라고 분통을 터트
렸다.

알랭은 보라보라 섬에서 아이들과 함께 뛰어놀 축구장을 조
성하느라 나무 몇 그루를 베어낼 수밖에 없었다. 이것을 잠깐 들
렀던 유럽인이 비판했다. 그 탐정 소설가는 단 며칠간 나름대로
사실을 왜곡하지 않고 '센세이션'을 일으킬 만한 것을 쓰고 싶어
했다. 그가 1935년 6월 20일자 「파리 스와르」지에 코코넛 나무를
베어내 원주민을 굶주리게 했다고 알랭을 비방하는 기사를 실었

다. 그는 오세아니아의 모든 섬을 방문했다고 했지만, 파페티에 죽치면서 배를 타고 두어 번 드나들었을 뿐이었다! 바로 이 기사를 쓴 인물이 벨기에 출신 탐정 소설의 거장 조르주 시므농(1903~1989년)이다. 시므농은 공식적으로 전 세계에서 가장 많이 번역되고 가장 많은 사람이 읽었다는 벨기에 작가다. 1935년 당시 시므농은 프랑스 라로셸 항구를 근거지 삼아 카페를 차리고 살다가 이곳을 찾았다. 철학자 헤르만 폰카이저를링은 그를 '천재적 멍텅구리'라고 불렀다.

알랭은 누쿠 히바 섬(마르키즈 제도에서 가장 큰 섬. 1850년부터 프랑스 유형지로 정치범, 반정부 인사, 국가보안법 위반자를 수용했다. 나폴레옹 3세의 정적들이 이곳으로 유배되었다)에서는 또 다른 해양 문학의 거장을 연상했다. 이곳에서 총독의 방문에 맞춰 연회와 민속무용 공연이 벌어지던 날이었다. 알랭은 사모아 제도에서 본 것처럼 폴리네시아 가락에 맞춰 앉은 채로 춤을 추는 전통무용의 아름다움이 잘 보존되어 있다고 감탄했다.

"서양인은 이런 것을 볼 줄도 모르고 이해하지도 못한다. 돼지를 흉내 내는 다른 춤들과 마찬가지로 사실성과 해학이 넘친다."

알랭은 이런 구경거리를 묘사한 허먼 멜빌을 연상했다. 알랭이 만약 허먼 멜빌을 읽었다면(그 당시는 멜빌이 막 재발굴될 즈음이다), 『오모오』 등 폴리네시아와 남태평양 체험에 근거한 1846년과 1847년경의 초기작일 것이다. 알랭이라면 선상 생활의 모든 것을 묘파한 『백경』의 작가 멜빌을 읽지 않고는 못 배기지 않았을까?

알랭은 1933년 4월 27일자 일기에서 포르투갈 섬들 사이의 뱃길을 빠져나오며 이런 심경을 드러냈다.

난 너무 슬펐다. 혼자 행복했고, 누가 있었다 해도 견디지 못했을 테니까. 자연과 사람들 모두가 그토록 가난했던 그 섬에 있는 무엇이 나를 그토록 붙잡아두었을까? 그런 가난과 햇빛이 아니었을까… 남아도는 것을 모두 없애버리고서, 나는 가난하게, 해 아래에서 소박하게 살며, 남의 재물을 탐내지 않고 자기 운명에 순종하며 사는 사람들의 사회를 좋아했다. 이런 사람들이 더 행복해 보였다. 문명 강대국에서 유명세 대신 치러야 하는 시샘이나 미움을 모르는 사람들을….

알랭 제르보는 낙원에서 사라졌다. "사라지는 낙원에서" 슬퍼하다가… 그러나 정말 사라졌을까? 우리들 마음속에 그가 즐겨 읊던 에드가 포의 노래와 함께하지 않을까.

엘도라도를 찾아
노래 부르며….
오래오래 여행했던
용감한 기사가 있었네….

알랭의 엘도라도는 비록 "죽어가는 낙원이었지만 행복하게 살줄 아는 사람의 마음속에서 다시 태어날 수 있는 곳"이었다.

vendredi 27

au midi plui et léger vent vers le soir le vent diminue.
12°3   77°6   run 60 milles

Samedi 28

léger courant contre moi   et la nuit presque pas d vent un
peu meilleur dans la journée run 63 milles

Dimanche 29   N.E

courant faisant route NE très léger brise 80 milles
10°53   77°4

Lundi 30

nuit très léger N.E. un requin suit mon navire 80 milles
10°38 77°52.

Observations par la polaire et   orion Bételgeuse   Tables de
Johnson

Polaire   a 9h10 SMT · Alt 9°50' Tme =
                                            9 41 48
RAMS   0h 32m 48"   Star R.A. = 1h54
        9 10   H.A. = 8° 7' 48"   Corr
        9h 41' 48"

GMT 5h 32' 38"   Lat: 10° 9
a 11 heure 24'   ☉ 17° 37

Colat 79°52   Arcs   49°56   Log   10. 2658
Dec 4°23   44 41   0. 7172
hun 96 75   15° 25   9. 5496
Diff 72 29   hum 47°37   HA= 4h 51' 55"
Alt 19° 57   diff 34°31
        SHT = HA + RAMS + Star R.A = 4h51'55" = 10h 11
                                        + 3 51 6
        LT= G NT - 10h 11 = 15h 32 39 = - 0 32 1   39
                              - 10 11   - 5h 24

Mardi 31

hardly steerage way   vent en très augmenté 45 milles

mercredi 1
        ciel couvert brise Beaufort j'aperçois la terre dans la soirée.
puis à 3 heures du soir Toro Point   forte brise maintenant run 35 milles
à 10h 1/2 les feux du Breakwater,   à 1h du matin j'entre

Alain Gerbault
yacht "Alain Gerbault"
Tahiti
October 10th

Dear Charmian,

I feel that I ought to have written you long ago, but I had so much work. It is strange that two months after you had your accident, I broke my right arm in working aloft in a gale and I had quite a difficult time to bring my boat to Nukuhiva literally single-handed. I promise to send the preface to your book before the end of next month. It will certainly help to have it published. By the way I do not think that Hachette is the best publisher. Why not try Grasset?

I feel sad about Italy attacking the Ethiopians. It is the same story over and over again!!!

I am sailing soon to Raivavae, Rurutu, Rapor and back again to my beloved marquesas to record some native songs with a german gramophone. before it is too late.

When it will be westward again to untouched
Polynesian Islands, Tikopia, Bellona, Rennel
to Funafuti and to the Gilbert of R.L.S
Apemama and Butaritari.

Here it is getting worse and worse
How I wish to see the copra fall down to
nothing. The natives would be saved: traders
and missionaries would go , and those islands
would be a paradise again.

Fancy that !!! I have been two months
in Porapora, and I have not seen once the
natives dance to enjoy themselves. And they
are longing to dance, but officials want them
to dance only for big boats, as they make a
profit out of it.

Well, the schooner Potii Raiatea
is blowing her whistle . I must close up my
mail

Love from
Alain

채미언 런던에게 보낸 알랭 제르보의 1935년 10월 10일자 편지.